fuites et poursuites

fuites et poursuites

gilles archambault • yves beauchemin • pan bouyoucas
• chrystine brouillet • andré carpentier • françois hébert
• claude jasmin • andré major • madeleine monette
• jean-marie poupart

Illustration de la couverture: Gilles Thibault
Maquette : Gaétan Forcillo

LES QUINZE, ÉDITEUR
(Division de Sogides Ltée)
955, rue Amherst, Montréal
H2L 3K4
tél. : (514) 523-1182

Distributeur exclusif pour le Canada :
AGENCE DE DISTRIBUTION POPULAIRE INC.
(Filiale de Sogides Ltée)
955, rue Amherst, Montréal
H2L 3K4
tél. : (514) 523-1182

Accepter un genre médiocre et en faire quelque chose qui res-
semble à de la littérature n'est pas une mince performance.

Raymond Chandler, *Lettres*

C'est *Louis-Philippe Hébert qui a eu l'idée de ce recueil de nouvelles policières écrites par des écrivains québécois. J'ai accepté de parrainer le projet et de convier un certain nombre d'auteurs à relever le défi. Outre les contraintes inhérentes au genre, il y avait celle de la longueur : une vingtaine de pages. Si Claude Jasmin a fait court, Yves Beauchemin n'a pu s'empêcher, sur la lancée du* Matou, *de développer longuement son intrigue. Ses compagnons de route ont accepté ce détour qui nous a amenés à faire paraître son texte en dernière place.*

Ce qui étonnera sans doute les lecteurs, c'est de voir à quel point, même en se pliant aux règles du jeu — car c'en est un —, chacun est demeuré l'écrivain qu'il était. On reconnaît chez l'un son ton habituel, chez l'autre ses thèmes de prédilection, si bien qu'on se retrouve, au bout du compte, devant autre chose qu'une simple anthologie d'exercices de style.

Il me reste à souhaiter aux lecteurs de ces nouvelles autant de plaisir que nous avons eu, de notre côté, à les écrire.

André Major

L'Américain et la Jarretière

Madeleine MONETTE

On a trouvé Henry O. James dans l'arrière-cour d'un immeuble désaffecté, sous un escalier de service qui lui servait à l'occasion de refuge pour la nuit.

Il était face contre terre, les jambes raides comme des échasses, les souliers à peine retenus par la pointe de ses orteils et dressés dans la boue comme si on les avait plantés là pour les faire germer. Il avait plu et le corps de Henry était aussi trempé, aussi rond et lourd qu'une éponge saturée d'eau. Les cheveux plaqués sur le crâne, les vêtements qui lui flottaient sur la peau sans pourtant être défaits, la main droite creusée et repliée sur son sexe à la façon d'une petite tasse ou d'un bol à café, il n'avait apparemment opposé aucune résistance à son assaillant. Peut-être qu'alerté par des bruits de pas il avait préféré faire le mort plutôt que d'attirer sur lui l'attention d'un visiteur indésirable, mais peut-être aussi qu'ivre mort il n'avait été tiré de son sommeil que pour se sentir épinglé, embroché comme un agneau. Un seul fait s'imposait dans toute son horreur : Henry O. James avait été frappé par derrière d'un coup de ciseaux bien placé.

Marleau n'en était pas à son premier cadavre, mais la vue de celui-ci l'avait fait trembler d'émotion.

Ce matin-là il avait déniché, dans la poche d'un vieux manteau qu'on avait jeté au rebut, un billet de cinq dollars qu'il était impatient de partager avec Henry. Ils auraient fait la fête, se seraient acheté un vingt-six onces, et la journée leur aurait coulé entre les doigts comme une source d'eau tiède. Parti à sa recherche depuis quelques heures déjà, il avait visité pour le trouver tous les dessous de perron, toutes les cages d'escalier du voisinage. Lorsqu'il avait aperçu l'arme du crime enfoncée jusqu'aux anneaux sous l'omoplate gauche de Henry, il avait laissé échapper un long soupir plaintif. Ses jambes avaient flanché et, agenouillé dans une flaque d'eau, Marleau avait été renversé par une vague de souvenirs aussi irrésistible et inattendue qu'une lame de fond. La joue appuyée sur l'épaule de Henry, il avait entendu une brève détonation. Dans une robe de toile légère un corps s'était affaissé, avait déboulé jusqu'au trottoir pour s'y écraser face contre terre.

C'était à l'époque où il exerçait aux États-Unis la profession quasi marginale de détective privé: sa femme avait été victime d'une méprise et froidement assassinée d'un coup de revolver dans le dos. Un tueur à gages l'avait confondue avec une autre, en fait avec une de ses clientes du nom de Carmen, et l'avait abattue alors qu'elle montait l'escalier extérieur conduisant à son bureau. Avant de se marier Marleau avait toujours dit qu'il n'aimait pas les femmes de policiers, et ce jour-là il avait regretté de ne pas s'en être tenu à sa première idée. L'ayant échappé belle, Carmen avait aussitôt quitté le pays, et il avait suivi sa trace jusqu'à Montréal. Il est vrai qu'elle ressemblait un peu à sa femme, mais Marleau ne s'était jamais pardonné d'avoir poursuivi la victime plutôt que le meurtrier.

À peine cependant avait-il mis le pied en terre étrangère, qu'il avait perdu le goût des filatures et des enquêtes policières. Sa femme en était morte, et il ne voyait plus comment il aurait pu exercer son métier sans raviver continuellement des souvenirs par trop douloureux. Parfaitement désabusé, n'ayant de réelle passion que pour la profession de détective, il n'avait donc pas tardé à grossir les rangs des désoeuvrés. Une fois ses économies liquidées, il avait trouvé refuge dans les parcs et les fonds de cour. C'était là qu'il avait rencontré Henry O. James, un compatriote qui s'était exilé lui aussi mais pour de tout autres raisons: Henry avait une véritable dévotion pour sa défunte mère et, se reprochant de lui avoir survécu, il avait tout quitté, tout abandonné.

Il s'était mis à pleuvasser. Ses genoux calant dans la boue, Marleau s'était juré que cette fois-ci le coupable ne lui échapperait pas: il lui mettrait la main dessus au risque de se faire crever la peau.

Tournant et retournant entre ses doigts le billet de cinq dollars qu'il avait trouvé, Marleau avait résolu de ne pas le boire, comme il avait résolu d'ailleurs de ne plus avaler une seule goutte d'alcool avant la fin de son enquête. Il redeviendrait un homme du monde pour se mêler une dernière fois à la racaille des grandes villes, puis il retournerait à ses fonds de cour.

Avant de prévenir les autorités, il avait procédé à une inspection minutieuse. Bien qu'il eût été, quelques décennies plus tôt, l'un des plus fins limiers d'Amérique, il n'avait trouvé sur les lieux du crime ni indice ni trace de combat. Henry n'avait à sa connaissance aucun ennemi déclaré, le meurtre était sans motif apparent, et Marleau était aussi perplexe qu'un jeune débutant. Il s'apprêtait à partir lorsque, contre toute attente, un détail l'avait enfin frappé.

Depuis quelques semaines déjà, Henry O. James avait pris l'habitude de visiter le panier à ordures d'une certaine Agathe. Il y trouvait de grandes lanières de tissu, des bouts d'étoffe parfois très fine qu'il gardait dans ses poches et dont il se servait, la nuit venue, comme de dentelles ou de rubans, de ceintures ou d'écharpes, pour garnir ses habits qu'il trouvait trop ternes. Il faut dire que Henry avait un penchant pour les ornements féminins et qu'il avait des goûts parfois très délicats. N'étant pas l'homme des préjugés, Marleau ne lui avait cependant jamais reproché son homosexualité. Henry, se disait-il, avait tout simplement été victime de sa trop grande sensibilité, ce en quoi il ne se sentait pas très différent de lui. Or tous ces rubans, toutes ces parures avaient disparu, à l'exception d'une seule qui avait échappé à l'oeil du meurtrier. Et pour cause... Marleau partageait tous les secrets de son compagnon d'infortune, et il s'en voulait de ne pas y avoir songé plus tôt. « Je vieillis, avait-il murmuré, ou alors c'est l'alcool qui m'émousse les sens et la raison. T'en fais pas, mon p'tit Henry, j'aurai vite fait de retomber sur mes pieds. » Ce disant, il s'était agenouillé de nouveau aux côtés de son ami et s'était empressé de retrousser une des jambes de son pantalon. Il avait vu juste. Le meurtrier avait emporté avec lui tous les bouts d'étoffe, sauf un. Noué au-dessus du genou de Henry, le petit ruban rouge qu'il portait en guise de jarretière était toujours là.

« Mais pourquoi donc, s'était demandé Marleau en poussant la porte du commissariat, pourquoi donc avait-on fait disparaître ces vulgaires bouts de chiffon...? »

Jeanne Ledoux avait encore dormi comme un loir et n'avait pas entendu la sonnerie de son réveille-matin. Lorsque se rendant à la cuisine elle était passée devant la chambre de Georges, elle avait entendu à travers la porte la voix claironnante d'un annonceur de radio. Elle et son mari faisaient chambre à part depuis des années, et ce n'était certes pas lui qui serait venu la secouer pour la tirer du lit. Furieuse d'être en retard, elle s'en prenait à Georges plutôt qu'à elle-même, comme elle le faisait toujours lorsque la vie ne tournait pas rond. Elle le soupçonnait d'être sur pied depuis longtemps déjà, car souffrant d'insomnies matinales il se levait souvent avant l'aube, et elle lui en voulait de l'avoir laissée ronfler une fois de plus jusqu'au milieu de l'avant-midi.

Elle faisait des ménages chez les gens les plus fortunés du quartier, et Georges n'était jamais pressé de la voir partir, ou plutôt de la voir revenir les bras chargés de sacs à linge. Depuis qu'il était en chômage et qu'il passait toutes ses journées à la maison, Jeanne insistait pour qu'il mette la main à la pâte et se remue un peu. Tandis qu'elle courait d'un appartement à un autre pour laver des murs et des planchers, Georges, lui, se voyait obligé de faire des lessives.

Il était un peu plus de midi lorsque le corps lui ballottant dans une robe de coton, Jeanne avait pressé le pas : elle espérait ne pas avoir déjà manqué « l'écrivain », comme elle se plaisait à l'appeler. C'était sa cliente préférée, une femme douce mais volontaire, une immigrée qui vivait dans un appartement moins confortable que le sien et qui avait pourtant des goûts fort dispendieux, une femme cultivée qui ne vous en mettait jamais plein les yeux, ne vous regardait jamais de haut, et savait parler pour se faire comprendre. Elle travaillait comme barmaid dans une boîte de nuit et passait presque tous ses après-midi à écrire un livre qu'elle n'en finissait plus de recommencer. Jeanne la trouvait un peu bizarre, mais lui pardonnait toutes ses bizarreries pour la seule et unique raison qu'elle était une étrangère. Elle ne comprenait pas, par exemple, qu'une femme puisse vivre dans un logis moins que modeste et dépenser autant d'argent pour s'habiller, se meubler, s'entourer de livres et d'objets aussi luxueux qu'inutiles. Pourtant, lorsqu'elle se laissait aller à rêver, elle enviait cette femme d'être aussi peu raisonnable.

« Pourvu qu'elle ne soit pas déjà partie ! », se disait Jeanne en tournant le coin de la rue. Si l'écrivain était là, elle lui servirait un café aussi épais que du sirop, lui parlerait de son travail ou des clients du bar, et Jeanne en oublierait ses ménages, s'imaginerait qu'elle était en visite chez sa fille ou chez une amie.

En montant le long escalier extérieur qui grimpait jusqu'au troisième étage, Jeanne s'était demandé ce qui aurait changé ou disparu cette fois-ci encore dans l'appartement. Elle en connaissait les moindres recoins, y avait fait l'inventaire de tous les placards, armoires et penderies, mais depuis quelque temps elle ne s'y reconnaissait plus. Soit que l'écrivain fût tombée sur la tête, soit que la fièvre du printemps se fût emparée d'elle en plein été, mais elle s'était lancée dans de folles dépenses. Il fallait être cinglée, se disait Jeanne qui en était aussi désolée qu'éberluée, pour se défaire de si belles choses ou les remplacer avant même qu'elles ne soient usées. Les étrangers, avait-elle soupiré en engageant la clé dans la serrure, se conduisaient parfois de façon bien surprenante, mais il ne servait à rien de les juger tant qu'on ne pouvait pas les comprendre.

Marleau s'était posté de l'autre côté de la rue, le visage à demi caché derrière les pages d'un journal qu'il avait trouvé dans une poubelle.

À peine était-il sorti du commissariat qu'il avait couru chez les Petites Soeurs des Pauvres. Il fallait ce qu'il fallait, et Marleau le désabusé, Marleau l'agnostique et le marginal leur avait fait le coup du paria en voie de réhabilitation, de l'ivrogne en voie de désintoxication. Parce qu'il avait joué les hommes de bonne volonté, et peut-être aussi parce qu'il n'était pas sans charme, on s'était affairé autour de lui, l'avait baigné, rasé, habillé de fringues propres mais franchement démodées. Frais comme une rose, Marleau n'en avait pas moins l'air d'un original, d'un détective des années quarante dont l'accoutrement désuet n'était pas sans distinction.

L'oeil en coulisse, il avait vu Jeanne Ledoux escalader en soufflant les marches conduisant au 37 de la rue Dupin. Elle avait donné un tour de clé, et sa large croupe avait disparu dans l'entrebâillement de la porte. Quelques secondes plus tard elle était ressortie en hurlant, les yeux exorbités et le teint plombé, les bras en l'air et les mains s'agitant de chaque côté de la tête comme deux oiseaux affolés. Aussi terrifiée que désemparée, elle avait sautillé nerveusement sur le balcon avant de dévaler l'escalier comme une balle. Une fois sur le trottoir, elle s'était éloignée en courant, le corps lourd et la voix saccadée, hachée de petit cris perçants.

Marleau n'avait pas perdu un seul instant. Il avait tout lieu de croire que la police ne tarderait pas à se pointer, et il avait fait vite. Grimpant les marches quatre à quatre, il s'était précipité dans l'appartement en prenant soin de s'assurer que personne ne l'observait.

Arrivé au bout d'un couloir étroit qui menait d'abord au salon puis à une petite chambre basse, Marleau avait été frappé de stupeur et son sang n'avait fait qu'un tour. Une femme dans la trentaine gisait au pied du lit, éventrée, le visage tuméfié, les yeux éteints et pourtant horrifiés, d'une fixité à vous donner froid dans le dos. Découpée en longues bandes verticales, sa robe ne lui tenait plus sur le dos que par la lisière du collet. « *Damn maniac !* », avait grincé Marleau en serrant les mâchoires. Il venait inconsciemment de faire un énorme saut en arrière, et s'était lui-même étonné de parler anglais pour la première fois depuis si longtemps. Mais ses minutes étaient comptées, et il n'allait certes pas perdre un temps précieux à jouer les nostalgiques ou les outragés. Reprenant son sang-froid, il avait rapidement inspecté les lieux en commençant par la chambre. Une lampe renversée, un cadre déplacé, un tapis aux pointes rebiquées, les draps défaits comme si on s'y était agrippé, tout indiquait que la jeune femme avait opposé quelque résistance à son agresseur. Sa robe, ou plutôt ce qui en restait, ressemblait davantage à une tenue de soirée qu'à une robe de ville ou de travail. Quant à l'arme du crime, elle avait apparemment disparu.

En se défilant par la porte de derrière et en s'engageant entre deux rangées de maisons qui lui tournaient le dos, Marleau s'était mis à penser à l'appartement qu'il venait de quitter. Tous les logis du quartier étaient collés les uns contre les autres, et on n'avait qu'à s'étirer le cou pour épier les voisins, se transporter du regard dans leur chambre ou leur cuisine. Or les fenêtres de la jeune Agathe, c'était le nom que Henry lui donnait, ne pouvaient que l'exposer à la curiosité des voyeurs : bien que munies de tringles, elles étaient sans rideaux.

Ayant fait le tour du pâté de maisons, Marleau était revenu à son poste d'observation. Au moment où il s'était penché pour ramasser un mégot de cigarette à peine entamée, plusieurs autres détails lui étaient revenus en mémoire. Il n'avait plus l'esprit aussi alerte qu'une trentaine d'années plus tôt, et il avait fallu, aurait-on dit, qu'il entende le bruit des sirènes pour que sa pensée se remette en marche.

Contrairement à ce qu'en avait déduit Henry, Agathe avait beau jeter aux ordures des bouts de tissu de toutes les couleurs et de toutes les textures, cela ne faisait pas d'elle une couturière. Nulle part dans son appartement il n'avait trouvé de machine à coudre, et la seule pièce où elle pouvait se retirer pour travailler n'était pas un atelier de couture mais un cabinet d'étude aux murs tapissés de livres. Renversée sur des chevalets, une porte qui lui servait de table y était encombrée de carnets entrouverts, d'une machine à écrire, de cendriers pleins jusqu'au rebord, de piles de papier vierge et, surtout, de feuilles chiffonnées, probablement roulées en boule par un auteur en mal d'inspiration. Vieille manie de détective, Marleau avait tout photographié d'un seul coup d'oeil. Avec ses tapis de paille blanche, ses anciennes affiches de spectacle et ses diplômes encadrés, ses coussins de velours et ses petites lampes basses, ses plantes et son service à thé chinois, le reste du décor ne collait pas davantage aux déductions de Henry. Tout permettait de croire que cette femme, loin d'être une ouvrière, était une intellectuelle qui faute d'argent ou simple question de mode s'était établie dans un quartier ouvrier. Mais alors, d'où lui venaient tous ces bouts d'étoffe qu'elle jetait au rebut ? Il ne lui restait plus, pensait Marleau, qu'à répondre à cette question pour identifier l'assassin.

Pointant le nez vers le numéro 37, les voitures de police avaient freiné brusquement. Comme des pièces aimantées dans un champ magnétique, leurs masses bleues s'étaient spontanément réparties en demi-cercle et encombraient maintenant la rue d'une intersection à l'autre. Balayant d'un mouvement rotatif les façades des maisons, leurs signaux lumineux tenaient tout le voisinage en état d'alerte.

Les agents de la loi n'avaient certes pas perdu le sens de la parade, se disait Marleau en laissant flotter sur ses lèvres un sourire vaguement indulgent, vaguement réprobateur. Selon lui, et contre toute apparence, un tel déploiement de forces policières n'était jamais une garantie d'efficacité. Il le savait pour avoir plus d'une fois damé le pion aux inspecteurs de la brigade criminelle, et préférait quant à lui travailler dans l'ombre, ne pas avoir les mains liées par la machine souvent détraquée, lourde et encanaillée du pouvoir judiciaire.

Dans son veston bleu poudre aux revers démesurément larges, son pantalon aux fines rayures et ses souliers aux pointes rebiquées, Marleau s'était faufilé parmi les badauds en espérant qu'on ne le reconnaisse pas. Aussi élégant, aussi costaud qu'un ancien lutteur en habit du dimanche, il s'était fait reluquer par plus d'une femme et s'en était trouvé ragaillardi : non seulement on ne l'avait pas reconnu sous son déguisement, mais un peu plus et on lui aurait fait du charme. Modeste pourtant, l'air effacé et faussement désintéressé d'un valet qui a l'habitude d'écouter aux portes, Marleau s'était rapproché petit à petit de l'inspecteur en chef.

La tête ronde et bien calée sur son triple menton, celui-ci distribuait des ordres à gauche et à droite en se rengorgeant comme un pigeon. Trop heureux de pouvoir épater la galerie, il n'avait pas demandé qu'on disperse l'attroupement et semblait avoir oublié jusqu'aux règles les plus élémentaires de la discrétion policière. Question de s'affairer pendant qu'on disposait du corps de la victime et procédait à une inspection de routine, il s'était mis à questionner la grosse femme avec autant d'arrogance que si elle avait été la première suspecte en lice. Prenant un malin plaisir à l'intimider, il ne s'embarrassait pas de la voir suer, trembler, vaciller sur le trottoir comme une naufragée sur un radeau. Marleau se disait que l'inspecteur aurait pu au moins la faire monter dans sa voiture, mais il n'avait aucune raison de lui reprocher son manque d'affabilité : aussi près de la grosse femme que dans l'intimité d'un confessionnal, il n'avait qu'à dresser l'oreille pour l'entendre déballer d'une voix blanche et chancelante des informations plus que précieuses.

Elle s'appelait Jeanne Ledoux, était mariée et n'avait pas d'enfants. Elle s'était d'abord flattée d'être l'amie de la victime, mais n'avait mérité en retour que le regard incrédule et défiant de l'inspecteur. Ne voulant surtout pas le contrarier, elle s'était rétractée aussitôt, et comme à regret, pour admettre en toute modestie n'avoir été que sa femme de ménage. Elle savait cependant que la jeune femme était sans famille, diplômée d'une grande école française et barmaid à L'Oiseau Bleu, car celle-ci avait souvent la gentillesse de lui offrir le café et de lui parler d'elle. Yougoslave d'origine, Agathe Krstulovic avait vécu en Europe pendant plusieurs années avant de s'établir en Amérique. Elle y était venue en espérant y gagner suffisamment d'argent pour écrire son premier roman, et n'avait fait que récrire le même livre depuis qu'elle était arrivée. Jeanne Ledoux la soupçonnait de n'avoir qu'une seule histoire à raconter, une seule histoire toujours la même...

L'inspecteur s'impatientait. La dénommée Agathe avait-elle, à sa connaissance, été victime de menaces ou de manoeuvres d'intimidation ? Recevait-elle des visiteurs à l'allure douteuse, des amis ou des clients d'un « certain » type (la grosse femme et lui se comprenaient, n'est-ce pas) ? Avait-elle des ennemis, des problèmes financiers ou émotifs ?

Jeanne Ledoux avait tressailli. Elle n'avait fait que secouer timidement la tête depuis le début, se tordant les doigts et se mordant les lèvres d'inquiétude, et voilà maintenant qu'elle avait tressailli. « Des problèmes financiers ? Certainement pas ! Avec tout le remue-ménage qu'il y avait dans cette maison, tout ce qu'elle avait acheté, remplacé, jeté au rebut ces derniers temps... Non, monsieur ! Mais des ennemis, ça oui, mademoiselle Agathe en avait plusieurs ! », avait-elle lancé fièrement.

Mesurant son effet, la tête enfoncée dans les épaules et les doigts posés à plat sur ses lèvres, la grosse femme avait étouffé un petit rire discret. Peut-être était-elle heureuse, songeait Marleau, d'avoir partagé un secret et de pouvoir enfin le divulguer, mais peut-être aussi se moquait-elle tout simplement de l'inspecteur.

Interloqué, ce dernier avait de nouveau considéré Jeanne Ledoux d'un air sceptique, mais ne l'en avait pas moins encouragée à parler.

Elle avait donc repris son sérieux, et avec lui un peu plus d'assurance. Sans même cligner de l'oeil elle avait raconté comment, ayant obtenu un visa de courte durée pour visiter le Canada, Agathe Krstulovic n'en était jamais repartie. Ses papiers étaient loin d'être en règle et, comme tous les immigrés vivant dans la clandestinité, elle appréhendait constamment d'être repérée puis déportée. Elle avait une peur maladive des uniformes et considérait les agents de l'immigration comme des ennemis intraitables, aussi dangereux qu'imprévisibles. Elle se méfiait de tous les étrangers qui se présentaient chez elle et avait plus d'une fois prévenu la grosse femme de ne pas répondre à la porte en son absence. « Particulièrement ces derniers temps... », avait ajouté celle-ci d'un air songeur.

L'inspecteur avait toussoté nerveusement. Jeanne Ledoux en savait davantage qu'il ne l'avait d'abord soupçonné, et il ne lui restait plus qu'à presser le fruit pour en extraire tout le jus.

Marleau s'était fait bousculer, puis refouler dans la rue. À quelques pas de lui, un homme dans la cinquantaine s'épongeait le front en maugréant. Le visage chiffonné et le teint rougeaud, la main replète et ornée d'une bague à diamants, il se plaignait à qui voulait l'entendre d'avoir perdu sa nouvelle locataire. « La morte », comme il l'appelait, lui avait déjà versé une avance et devait emménager le mois suivant dans un appartement de banlieue dont il était le propriétaire. Il lui faudrait maintenant repartir de zéro, remettre une petite annonce dans le journal, faire visiter le logis à des gens qui ne voudraient pas payer, etc. Ne cherchant apparemment qu'à être sociable, Marleau s'était approché de lui pour entendre ses doléances et lui poser quelques questions. Mais voyant que le gros joufflu ne savait rien et qu'il perdait son temps, il l'avait planté là sans plus de cérémonie.

Sur le trottoir, Jeanne Ledoux avait élevé la voix. « Des draps, monsieur, des draps tout neufs, des serviettes de bain, des chemises de nuit qu'elle n'avait jamais portées, des nappes, des rideaux, tout y passait, tout disparaissait du jour au lendemain. Elle s'en défaisait sans raison et les remplaçait au fur et à mesure. Sauf les rideaux. Elle n'avait toujours pas remplacé les rideaux. Mais peut-être en avait-elle commandé quelque part ? Les grands magasins ne sont jamais pressés de livrer la marchandise, c'est bien connu. Un mois déjà que... »

Comme s'il en avait eu assez de l'entendre parler chiffons, l'inspecteur l'avait poussée sur le siège arrière de la voiture. La portière avait claqué, et la voix de la grosse femme s'était éteinte.

La foule se dispersait tranquillement et Marleau s'était mis à froisser, défroisser dans sa main le billet de cinq dollars qu'il avait trouvé ce matin-là. Il avait soif et se serait volontiers tapé une bonne rasade de whisky bien sec. Il allait se diriger vers la Régie des alcools lorsqu'il avait trouvé dans sa poche le ruban rouge, la petite jarretière de Henry. Il s'était ravisé aussitôt et, faisant volte-face, avait pris le chemin du commissariat.

L'air était sombre, chargé de vapeur d'eau, et la lumière du soleil y flottait parfois comme un nuage de lait dans une tasse de thé. Appuyé sur un poteau de téléphone, un mégot encore froid collé sur la lèvre inférieure, Marleau faisait le guet devant les bureaux de la police municipale. Lorsque l'inspecteur en aurait fini avec la grosse femme, il la prendrait en filature jusque chez elle pour lui faire un brin de conversation. La journée était encore jeune, et il aurait tout le temps de lui présenter ses civilités avant de faire une virée à *L'Oiseau Bleu*. Il s'y pointerait à l'ouverture, car il avait bien l'intention d'être leur premier client.

Les voitures de patrouille sortaient promptement d'un garage souterrain, accéléraient au premier tournant et laissaient planer derrière elles une odeur de pneus chauffés. Marleau songeait tour à tour au corps boueux, raide et alourdi de son ami Henry, puis à celui, ferme et délicat, de la seconde victime. Le rapport entre les deux meurtres était évident, et Marleau n'avait plus aucun doute quant à la signification des bouts de tissu dont on avait dépossédé Henry. Cette robe de soirée qu'on avait taillée, méticuleusement découpée en longues bandes verticales, était en quelque sorte la signature du meurtrier. Marleau en avait un échantillon dans sa poche et, malgré la soif qui le tenaillait, n'aurait pas échangé la jarretière de son ami contre une caisse de whisky.

La mine défaite et les épaules affaissées, Jeanne Ledoux avait tourné le coin de la rue et Marleau l'avait suivie. Elle marchait en traînant les pieds, les yeux rivés au sol et les bras ballants, étriquée dans sa robe de coton qui lui collait à la peau tant elle avait sué. L'attachement, et peut-être aussi l'admiration dont cette femme avait fait preuve envers la victime, expliquaient en partie aux yeux de Marleau l'état d'accablement et de prostration dans lequel elle se trouvait. Bien plus que d'avoir trébuché sur un cadavre ce matin-là, elle avait perdu une cliente qu'elle voulait voir comme une amie, une confidente.

La maison de Jeanne Ledoux était la seule de tout le bloc à n'avoir qu'un seul étage. Un jardin extrêmement soigné en ornait la façade, et on y accédait en poussant une clôture basse, à la peinture défraîchie. La porte d'entrée n'était pas fermée à clé et la grosse femme s'apprêtait à la refermer derrière elle lorsque Marleau l'avait interpellée. Elle l'avait toisé des pieds à la tête comme s'il avait été le dernier des malotrus, mais Marleau n'avait eu aucun mal à la faire sortir de sa coquille : il n'avait eu qu'à lui demander si elle était bien « l'amie » d'Agathe Krstulovic pour lui dérider le visage et faire tomber ses réticences.

Le moule à glaçons s'était incrusté dans une épaisse couche de givre et, la tête dans le congélateur, Jeanne Ledoux s'escrimait à l'en dégager. Elle avait invité Marleau à prendre un rafraîchissement et s'empressait de lui préparer un thé glacé. Encombrée d'étendoirs de métal, de sacs à linge et de piles de lessive, la cuisine était dans un fouillis inextricable. La grosse femme ne finissait plus de s'en excuser, blâmant à chaque fois les négligences et le laisser-aller de son mari. Le jardinage était sa seule passion, et il n'avait de respect que pour les plantes. N'eût-elle pas insisté pour qu'il fasse des lessives et menacé de lui couper les vivres s'il n'y consentait pas, il aurait volontiers passé sa vie entière entre la cave et le jardin.

« La cave ? s'était enquis Marleau.

— C'est sa tanière, monsieur. Et tout y est en parfait ordre, ses outils, ses sacs de fertilisants, ses boîtes de fleurs et de jeunes pousses... On dirait même une serre chaude depuis qu'il y a installé un système d'éclairage artificiel... Ça vous étonne ? »

Elle avait déposé deux grands verres de thé glacé sur la table de la cuisine et son visage s'était rembruni aussitôt.

« Une femme si bien éduquée, si délicate... », avait-elle soupiré en baissant les yeux d'un air affligé. Puis elle avait répété à Marleau ce qu'il savait déjà, ce qu'elle croyait n'avoir raconté ce matin-là qu'à l'inspecteur en chef.

Ne cherchant qu'à aiguiller les souvenirs de la grosse femme, Marleau lui avait fait part à son tour de ce qu'il savait. Il n'avait rien omis, rien passé sous silence, de la découverte du corps de Henry à l'histoire de la robe et des bouts d'étoffe. Mais plutôt que de stimuler sa mémoire en l'obligeant à reconsidérer certains détails, il n'avait fait que la terrifier, la déconcerter davantage.

Les yeux de Jeanne Ledoux avaient subitement glissé de côté, comme si elle avait aperçu quelqu'un dans l'encadrement de la porte. Pivotant sur sa chaise, Marleau avait suivi son regard. Il avait beau être assis, il s'était retrouvé nez à nez avec un homme de petite taille, étroit de carrure et court de jambes. Appuyé sur le chambranle, les mains noires de terre et les bras croisés sur un débardeur au tricot relâché, celui-ci les observait probablement depuis quelque temps déjà.

Georges Ledoux avait à peine hoché la tête lorsque sa femme l'avait présenté à Marleau. Voyant qu'il ne desserrait pas les dents, celle-ci lui avait adressé un air de reproche en s'efforçant de l'excuser : son mari n'était ni très sociable ni très accommodant avec les étrangers, mais il ne fallait pas lui en vouloir ; il se serait méfié de ses propres enfants s'il en avait eus et s'entendait mieux avec ses plantes qu'avec ses voisins. Haussant les épaules, Georges Ledoux avait rappelé à sa femme qu'elle avait d'autres clientes à visiter, et Marleau avait compris qu'il était temps de partir. Sans même décroiser les jambes pourtant, il avait demandé à Georges s'il connaissait Agathe Krstulovic. « L'écrivain ? Jamais eu l'honneur... » La réponse avait été brève et tranchante, comme une invitation au départ. Mais le grand Marleau avait insisté et, n'étant pas de taille à se mesurer à lui, Georges s'était finalement dégelé : il faisait les lessives de la dame, si cela pouvait intéresser Marleau, et ce n'était certes pas le meilleur moyen de partager son intimité. À part la couleur de ses draps et de ses jupons, il ne savait rien de la jeune Agathe. Marleau aurait dû s'adresser aux clients de *L'Oiseau Bleu*, car ils la connaissaient sûrement mieux que lui. Quant à sa femme, elle ne tarissait pas d'éloges à son sujet. Elle avait peur de vieillir toute seule et aurait tout donné pour avoir une fille comme celle-là. Elle ne cessait pas de le lui répéter, mais il n'y pouvait rien. Lui au moins il avait ses plantes, et d'ailleurs les enfants l'exaspéraient.

« Mais Agathe Krstulovic n'était plus une enfant..., avait suggéré Marleau.

— Justement. Les parents se donnent toutes les peines du monde pour les élever, et à trente ans ils se prennent pour des artistes, travaillent dans des boîtes de nuit, se jettent dans les bras des premiers venus...

— Elle m'offrait le café, vous comprenez..., l'avait interrompu Jeanne Ledoux comme au sortir d'un rêve. J'imaginais que j'étais à sa place, que j'avais trente ans une seconde fois et que j'écrivais des livres, moi aussi. Je connaissais tous les clients du bar, et parfois l'un deux offrait de me raccompagner à la maison. Je refusais, bien sûr, comme mademoiselle Agathe... Elle était si jolie, voyez-vous, et elle avait du si beau linge... »

Marleau s'était levé, et la grosse femme l'avait suivi jusqu'au jardin. Georges s'était déjà esquivé et, en passant devant la porte du sous-sol, Marleau l'avait entendu remuer des outils.

Accoudé au bar devant un miroir qui lui permettait d'observer tous les clients, Marleau avait résolu de finir la nuit à *L'Oiseau Bleu*. Il s'y était présenté comme un ami d'Agathe Krstulovic, et le propriétaire l'avait reçu aux frais de la maison. De jus d'orange en eau minérale et d'eau minérale en jus d'orange, il avait inspiré à tous les buveurs autant de respect et de curiosité qu'une vieille dame indigne et n'était pas plus heureux que si on l'avait noyé à petites doses ou baptisé par immersion.

Le nom d'Agathe était sur toutes les lèvres, mais il n'avait encore recueilli aucune information digne d'intérêt. Aux dires des serveurs et du patron, la jeune barmaid était une femme secrète et solitaire, aussi farouche que réservée. Jamais elle ne parlait de son passé ni n'acceptait les avances de ses clients, mais elle excitait tous les désirs, toutes les curiosités. Les uns disaient qu'elle avait un corps superbe, d'autres la souplesse quasi élastique d'un fauve ou d'un animal sauvage, d'autres encore des lèvres qu'on aurait voulu mordre tant elles étaient pleines et juteuses..., bref, tous la regrettaient amèrement. Marleau se disait que les habitués du bar étaient trop soûls, trop échauffés pour lui être d'aucune utilité, et il s'apprêtait à partir lorsqu'il avait aperçu dans le miroir le profil d'un nouveau venu. D'une maigreur extrême, la taille cambrée et enroulée dans une large ceinture de satin noir, il avait l'allure fière et suffisante d'un danseur de flamenco. Il promenait autour de lui des yeux ivres et tenait sur sa poitrine une liasse de feuillets qu'il exhibait comme un trophée.

« Vous le connaissez ? avait demandé Marleau en le pointant du menton et en agrippant au passage le bras du patron.

— Victor...? Sans intérêt. Un fils de riche, un soûlard et un paresseux de la pire espèce. Il faut travailler, voyez-vous, pour garder les pieds sur terre, ne pas être à la merci de son imagination. Mais lui... Il a la vie trop facile. De l'argent et des femmes tant qu'il en veut. Il fera une drôle de tête lorsqu'il apprendra que la belle Agathe est disparue, qu'elle ne lira plus ses petits poèmes, ses histoires osées... Elle n'attachait pas grande importance à ce qu'il écrivait, mais il faut croire qu'elle le prenait en pitié, lui trouvait un certain talent. Les premiers temps du moins...

— Vous savez où il habite ?

— Pas vraiment, non. Il disait souvent qu'Agathe et lui étaient voisins, mais ce n'était sans doute qu'une invention de sa part, qu'un prétexte pour lui offrir de la raccompagner chez elle. Cela a duré un temps, puis un soir la belle Agathe s'est fâchée, l'a rabroué de la plus verte façon. Il n'y a pas à dire, cette fille-là c'était de la dynamite dans une robe de soie. Elle n'avait pas froid aux yeux, n'aurait reculé devant rien ni personne. »

Marleau s'était approché de Victor, avait tout fait pour amorcer la conversation, mais cela avait été peine perdue : ce dernier ne songeait qu'à picoler, ne tenait que des propos incohérents. Lorsqu'il était finalement tombé de sa chaise, le patron lui avait appelé un taxi et Marleau l'avait escorté jusqu'à la rue. Il avait l'intention de faire la course avec lui, d'attendre qu'il se dégrise pour l'interroger, mais à peine la voiture s'était-elle rangée le long du trottoir que le chauffeur en était descendu et avait repoussé Marleau d'un coup sur l'épaule.

« Fous le camp !, lui avait-il lancé. Ce gars-là est mon client et n'a besoin de personne pour le border.

— Il n'est pas dit qu'il trouvera son lit...

— T'en fais pas, je le conduirais chez lui les yeux fermés. C'est mon client, je te dis. »

Le taxi s'était éloigné, et Marleau en avait mentalement enregistré le numéro. Il allait retrouver Victor, lui faire déballer la marchandise, et ce n'était pas un léger contretemps qui allait bouleverser le cours de son enquête.

La nuit tirait à sa fin et des bourrasques de pluie faisaient vibrer les portes et les fenêtres. Ayant mis le nez dehors pour respirer un peu d'air frais, l'un des serveurs était revenu en souriant d'un air intrigué : le « guetteur », avait-il dit, n'était toujours pas là. C'était un jeune garçon qui se postait presque tous les soirs au coin de la rue, à l'heure de la fermeture, et dont personne n'avait jamais vu dans l'obscurité que la casquette à longue visière et le blouson au col remonté. L'orage avait dû le décourager, car le trottoir était aussi désert qu'une allée de quilles après un abat.

Marleau avait dormi quelques heures sous le porche d'un vieil édifice en voie de démolition et s'était réveillé au bruit des grues de chantier. L'habit déjà fripé, la barbe drue et l'estomac creux, il avait aussitôt accouru chez les Ledoux. Peut-être, se disait-il, Jeanne avait-elle entendu parler de Victor ? Ou peut-être l'aiderait-elle à retracer le chauffeur de taxi en faisant pour lui quelques appels téléphoniques... Il n'était plus qu'à un bloc de là lorsqu'il avait vu Georges s'éloigner à pas pressés, la tête basse et les mains dans les poches. Dans l'arrière-cour, soulevant autour d'elle des tourbillons de poussière, Jeanne secouait des tapis comme elle aurait remué de grands oiseaux pour les plumer. La situation n'était pas tout à fait celle que Marleau avait espérée, mais il n'était pas mécontent de se retrouver seul avec Jeanne.

En se dissolvant dans l'eau d'un pichet, la poudre blanche avait tourné à l'orange. Quelques instants plus tard, Marleau trempait le bout des lèvres dans un grand verre de boisson glacée.

Jeanne ne savait pas qui était Victor, mais Marleau n'avait eu qu'à lui raconter sa visite à *L'Oiseau Bleu* pour qu'elle s'attelle au téléphone, s'efforce de dénicher le nom et l'adresse du chauffeur de taxi. Puis, heureuse de pouvoir enfin se confier à quelqu'un, elle lui avait fait part des derniers développements de l'enquête.

Elle sortait du lit et elle était à s'enfiler un café brûlant lorsque l'inspecteur en chef lui avait téléphoné. Il voulait savoir si elle connaissait un certain Henry O. James, un vagabond que plusieurs témoins avaient vu fureter sur le balcon d'Agathe Krstulovic, les vêtements garnis de bouts d'étoffe et la tête enroulée dans un bandeau ou un turban. Marleau ne devait pas s'affoler avant l'heure, mais la police soupçonnait son ami d'avoir tué la jeune Agathe. Les serviettes, les draps, les nappes, toutes les pièces de tissu qui avaient disparu et que la victime avait dû remplacer ; l'état dans lequel on avait trouvé sa robe ; les bandes d'étoffe que Henry portait la nuit comme autant d'écharpes ou de rubans, tout le rendait suspects aux yeux de la loi.

Marleau était non seulement abasourdi mais outragé. Attentive à la moindre de ses réactions, la grosse femme s'était interrompue et le toisait maintenant d'un air incertain. Son visiteur n'était décidément pas aussi bien mis que la veille et, bien qu'il eût les manières d'un homme du monde, elle ne savait plus que penser de lui. Revenu de sa surprise, Marleau avait souri tristement en posant sa main sur celle de la grosse femme, ce qui avait eu l'heur de la rassurer.

« Et Henry, avait-il demandé, ils imaginent peut-être qu'il s'est puni lui-même en s'enfonçant une paire de ciseaux dans le dos ? »

Perplexe, la grosse femme avait secoué la tête puis sursauté comme sous le coup d'une inspiration. « Et si mademoiselle Agathe avait eu, sans qu'on le sache, un amant secret, un protecteur anonyme ou un soupirant à l'esprit dérangé, aux réflexes un peu trop vifs ? Si le protecteur en question avait vu Henry quitter les lieux du crime et l'avait suivi pour lui régler son compte ? », avait-elle suggéré en prenant un plaisir évident à ce jeu de suppositions. Du bout des doigts, Marleau s'était ratissé les cheveux des tempes à la nuque. « Henry, s'était-il contenté de répondre, n'était pas un meurtrier. »

Jeanne Ledoux avait raidi les coudes, redressé les épaules et calé les mains dans les replis de sa robe, là où la rondeur de son ventre lui plongeait entre les cuisses. Elle avait oublié pendant un court instant que Henry était l'ami de Marleau et s'en voulait maintenant d'avoir pris le parti de la police plutôt que celui de son visiteur.

« Vous savez, le livre de mademoiselle Agathe...? On a promis de m'en remettre le manuscrit une fois l'enquête terminée. Si personne d'autre que moi ne le réclame, bien entendu... » Elle lui avait annoncé la nouvelle sur un ton confidentiel, poussant l'intimité jusqu'à poser une main sur son genou et ne demandant, aurait-on dit, qu'à se faire pardonner son manque de tact. La grosse femme avait décidément le don de faire dévier les conversations, le don aussi de piquer la curiosité de Marleau.

Elle avait poursuivi en disant qu'elle avait longtemps considéré Agathe comme sa propre fille et que le manuscrit n'était à ses yeux qu'une sorte d'héritage sentimental. Marleau avait froncé les sourcils, et elle avait aussitôt entrepris de se justifier.

Elle et Georges s'étaient mariés à dix-huit ans, après une brève incartade, une pauvre nuit où ils avaient tous deux perdu la tête. Elle avait été victime d'une grossesse nerveuse, comme elle l'avait appris par la suite, et avait menacé de se suicider si Georges ne l'épousait pas. Aussi naïfs l'un que l'autre, ils s'étaient précipités à l'église sans en souffler mot à personne. Ils avaient fait semblant d'être heureux pendant six ou sept ans, puis les médecins avaient rendu leur verdict : Georges était stérile, l'avait probablement toujours été. Leur mariage hâtif n'avait été qu'une lamentable farce, et ce à double titre. Ils s'en étaient voulu l'un à l'autre, leur relation s'était détériorée petit à petit, et ils avaient bientôt fait chambre à part. Georges s'était alors découvert une véritable passion pour les plantes, s'était mis à leur parler comme à des êtres humains, à les regarder pousser comme on s'étonne de voir grandir ses propres enfants... Tout en l'écoutant, Marleau avait songé au mot « *nursery* » qui en anglais désigne tout aussi bien une pièce réservée aux enfants qu'une pépinière ou un immense jardin. Il avait voulu en faire la remarque à Jeanne Ledoux, mais elle ne lui en avait pas laissé la chance. Déjà elle lui parlait d'Agathe Krstulovic, lui disait que l'arrivée de la jeune femme avait transformé sa vie sans pour autant la rapprocher de Georges. De temps à autre elle avait fait semblant de croire qu'Agathe était sa fille, ce qui n'avait fait de mal à personne et lui avait enfin donné le sentiment d'être utile. Sans jamais être dupe de son imagination ni se permettre aucune indiscrétion, elle s'était souciée de la jeune femme et lui avait envié ses trente ans, lui avait souhaité de réussir là où elle-même avait échoué. Tout le temps qu'elle avait fait ses ménages, Jeanne Ledoux avait été un peu plus heureuse qu'auparavant et avait secrètement reproché à son mari de n'y être pour rien. Le pauvre Georges avait dû se sentir bafoué, laissé pour compte, car il s'était renfrogné davantage en multipliant ses sautes d'humeur et en réagissant au seul nom d'Agathe comme à une insulte ou à un reproche. Il ne la connaissait pas et pourtant il parlait d'elle comme d'une femme de petite vertu, voulait croire qu'elle ne rentrait jamais seule et couchait avec tous les clients du bar, disait qu'un père y aurait mis bon ordre et n'aurait pas toléré qu'elle travaille dans une boîte de nuit. Mais tout cela n'était que pur bavardage et n'avait pour but, croyait Jeanne, que de la tourmenter ou de l'exaspérer. Georges avait beau s'emporter dès qu'il était question de la jeune femme, il n'en prenait pas moins plaisir à entendre parler d'elle. Et puis il mettait un soin particulier à faire ses lessives, ce dont Jeanne s'était rendu compte depuis longtemps. C'était elle qui rangeait le linge dans les armoires d'Agathe, et elle le trouvait toujours parfaitement plié, rangé dans le sac de toile par ordre de couleurs, les draps et les serviettes en dessous, les vêtements fins sur le dessus. Georges ne se donnait autant de peine pour aucune autre de ses clientes, et Jeanne le soupçonnait de s'être épris, lui aussi, de la jeune Agathe. « Vous comprendrez, avait-elle confié à Marleau en rougissant, un homme doit rêver en touchant la lingerie d'une femme aussi jeune, aussi raffinée... Surtout lorsque la taille en est si petite, surtout lorsque lui et son épouse font chambre à part depuis tant d'années... » Jeanne Ledoux avait laissé échapper ces derniers mots en promenant autour d'elle des yeux tristes et honteux. Elle était loin d'être aussi naïve qu'elle le disait, et Marleau éprouvait autant de compassion pour elle que pour le pauvre Georges.

N'osant plus le regarder, elle s'était essuyé le visage avec un coin de son tablier et lui avait demandé de partir. Au même moment, tout au bout du corridor, la porte d'entrée avait claqué dans un grand bruit de verre secoué. La grosse femme avait fait signe à Marleau de sortir par l'arrière-cour, puis s'était hâtée de rincer verres et cendrier pour effacer toutes traces de sa visite.

Un concierge l'avait menacé d'une longue tige de métal et chassé à grands cris, grandes enjambées. Ne songeant qu'à sauver sa peau, Marleau avait sauté une clôture et fait un accroc à son pantalon. Il avait enfin obtenu l'adresse de Victor et s'était présenté chez lui en espérant l'y trouver. Il avait sonné, frappé à la porte et aux fenêtres, mais rien dans l'appartement n'avait bougé. Sans se décourager pour autant, Marleau avait grimpé sur le toit, résolu à se glisser à l'intérieur en brisant les carreaux d'un puits de lumière. Lorsque le concierge l'avait aperçu et s'était mis à hurler, Marleau n'avait pas insisté et s'était enfui comme un malfaiteur. Quelques instants plus tard, accroupi derrière un bosquet, il reprenait son souffle dans le jardin des Ledoux.

Un genou à découvert, l'habit chiffonné et les cheveux laineux, emmêlés et déjà poisseux, il avait attendu sous la pluie en reprenant petit à petit son apparence des jours sans histoire. L'odeur sucrée des roses et des géraniums l'étourdissait, et l'absence de Henry lui pesait, le rendait amer et nostalgique.

Sans se douter qu'ils présageaient la mort d'une jeune femme, ce dernier avait paré ses vêtements de bouts d'étoffe, s'en était fait des écharpes ou des rubans, et ses fantaisies, sa manie de visiter les paniers à ordures lui avaient coûté la vie. Les draps d'Agathe Krstulovic, ses rideaux, ses nappes, ses chemises de nuit qui avaient disparu d'un jour à l'autre, Henry n'en avait récupéré que les restes, comme il aurait récupéré les coupons d'une couturière ou d'un marchand d'étoffe. Si, comme Marleau le croyait, quelqu'un avait pris l'habitude de s'introduire chez l'écrivain pour taillader à coups de ciseaux la moindre pièce de chiffon qui lui tombait sous la main, l'inspecteur en chef ne pouvait que se méprendre en accusant Henry d'un tel crime. « Henry, mon ami Henry n'était pas un meurtrier », ne cessait de se répéter Marleau. Agathe en avait été terrorisée, au point de vouloir déménager, mais elle n'avait rien dit, n'avait surtout pas prévenu la police. Ses papiers n'étaient pas en règle, et elle avait préféré se débrouiller toute seule plutôt que de risquer l'expatriation. Marleau admirait son courage, mais ne pouvait s'empêcher d'y voir une pointe de naïveté ou de résignation.

Si l'écrivain avait fait changer plus d'une fois la serrure de son appartement, comme il était raisonnable de le supposer, Jeanne

31

Ledoux n'en avait pas soufflé mot... Fait étrange toutefois, Agathe Krstulovic ne semblait pas s'être confiée à sa femme de ménage. Peut-être n'avait-elle pas voulu l'effrayer, même si elle lui avait souvent recommandé de ne pas répondre à la porte en son absence ? Ou peut-être l'avait-elle soupçonnée en tout premier lieu, puisque la grosse femme avait les clés de la maison et lui enviait tout ce qu'elle avait, tout ce qu'elle était ? Se pouvait-il alors qu'elle n'eût songé, pour lui échapper, qu'à déménager sans laisser d'adresse ? Car Jeanne Ledoux n'était pas au courant des projets de sa cliente, sans quoi elle n'aurait pas fait toute une histoire de ces rideaux qui avaient disparu et qu'Agathe n'aurait remplacés, de toute évidence, qu'une fois rendue dans son nouvel appartement... Marleau en était là de ses réflexions, lorsqu'un bruit de pas avait enfin attiré son attention.

Dans une robe de coton semblable à celle qu'elle avait portée deux jours plus tôt, Jeanne Ledoux était partie travailler. Quelques instants plus tard, son mari avait quitté la maison en lisant puis en glissant distraitement un bout de papier dans la poche de sa chemise. S'il allait faire des courses en emportant avec lui une liste d'achats, Marleau aurait cette fois-ci tout le temps de faire une petite visite à domicile, une perquisition tranquille et sans témoin.

L'escalier descendait à pic, et la cave était aussi humide que silencieuse. L'air y était lourd, la lumière diffuse et verdâtre, et Marleau avait l'impression d'avancer dans l'eau sombre, légèrement brouillée et teintée d'un aquarium. Sur les murs, des dessins qu'on aurait dits tracés par la main d'un enfant représentaient des têtes de femmes, des corps sans jambes et sans épaules, élancés comme des tiges aériennes et habillés de taches de couleurs qui leur pendaient au cou comme des pétales étiolés. Ayant ouvert tous les coffres et toutes les armoires, fouillé toutes les étagères et tous les tiroirs, Marleau avait finalement glissé la main dans une petite niche creuse. Il en avait retiré un bout d'étoffe mouillé, aussi mince et soyeux qu'un dessous de nylon, puis un autre et un autre encore. Georges semblait avoir un faible pour les sous-vêtements féminins, mais cela ne faisait pas de lui un criminel, ne permettait pas de sauter aux conclusions. Plus ou moins satisfait de sa trouvaille, Marleau allait s'esquiver comme il était venu lorsqu'il avait aperçu à quelques pas de l'escalier la silhouette maigre et busquée d'un visiteur. Surpris sans être intimidé, Marleau avait avancé d'un pas et l'autre en avait aussitôt reculé de trois. La porte du rez-de-chaussée était restée entrebâillée et la clarté d'un plafonnier plongeait dans la cave comme un jet d'eau froide. S'accrochant à la rampe d'une seule main, Georges Ledoux avait trébuché et s'était affaissé dans cette bouche de lumière en tenant droit devant lui d'énormes ciseaux à jardinage.

Marleau n'en croyait pas ses yeux. Il n'était venu chez Georges que sous le coup d'un impulsion, d'une vague intuition, et voilà que ce dernier s'énervait. Peut-être avait-il pris Marleau pour un cambrioleur, mais peut-être aussi l'avait-il reconnu et jugé trop curieux, trop indiscret ? Marleau ne savait que penser, ne pouvait se fier qu'à son flair, et pourtant l'histoire du guetteur de *L'Oiseau Bleu* ne cessait pas de l'intriguer. Lorsque les clients et les serveurs lui avaient parlé du « jeune garçon » qui se postait régulièrement à proximité du bar, vers les quatre ou cinq heures du matin, il avait immédiatement songé à Georges Ledoux : sa taille était décidément inférieure à la moyenne, et son corps n'était probablement pas plus imposant dans l'obscurité que celui d'un enfant ou d'un adolescent. D'une nuit à l'autre, s'était dit Marleau, Georges n'avait peut-être attendu la sortie des employés que pour entrevoir la belle Agathe ou s'assurer que personne ne la raccompagnerait chez elle. Rien ne prouvait qu'il eût raison, mais Marleau avait bien l'intention de vérifier ses suppositions. Quant à Victor, il ne serait jamais trop tard pour tirer son affaire au clair.

Il avait brandi les pièces d'étoffe qu'il avait trouvées dans le renfoncement du mur. « Vous collectionnez les chiffons, mon cher Georges ? avait-il demandé en défiant le regard pâle et délavé de son interlocuteur. Et vous en faites quoi ? Des petits rubans...? » Tirant de sa poche celui que Henry avait porté en guise de jarretière, il avait ajouté en serrant les mâchoires : « Vous n'auriez pas oublié celui-ci sur la cuisse d'un vieux pédé, par hasard ? Il collectionnait les chiffons lui aussi, et pourtant il est mort sans parures, sans rien d'autre qu'une petite jarretière de soie rouge... »

Tout en parlant, Marleau s'était approché de Georges Ledoux. Il le mettait à l'épreuve et voulait observer la moindre de ses réactions. Le teint livide, les mains tremblantes et les yeux injectés, ce dernier avait bondi sur Marleau qui l'avait évité de justesse. Un portemanteau qu'il n'avait pas vu jusque-là avait été renversé et une casquette avait roulé au milieu de la place. Prêt à parer tous les coups, Marleau avait pivoté sur lui-même en ouvrant les mains dans un geste de défense, mais il avait eu tôt fait de se calmer. Allongé à plat ventre, la joue rivée sur le ciment et les bras enroulés autour de la tête, Georges Ledoux s'était mis à sangloter tout doucement.

Du coup la colère de Marleau s'était dissipée, car il avait eu le sentiment de n'avoir sous les yeux qu'une autre victime : à son tour, comme Henry et sa femme, Georges avait mordu la poussière et s'était fait extorquer tous ses rêves. En le voyant face contre terre, aussi apeuré que parfaitement inoffensif, Marleau avait été pris de compassion et s'était laissé choir dans l'escalier.

Toute cette histoire, pensait-il, s'était déroulée rapidement et de bien étrange façon. Georges n'avait pas la trempe d'un criminel, et Marleau avait le sentiment qu'on s'était payé sa tête : il avait voulu mettre le grappin sur un meurtrier et se retrouvait avec un épouvantail sur les bras. Il avait une vague idée des mobiles du premier meurtre, car la mort d'Agathe avait précédé de toute évidence celle de Henry, mais il était incapable de condamner Georges. Tout au plus se demandait-il s'il eût mieux valu, pour lui, être sain et malheureux que fou et misérable.

Les preuves qu'il retenait contre lui ne serviraient de pièces à conviction que dans la mesure où il confesserait tout. Georges avait dû se défaire des bouts d'étoffe dont il avait dépouillé le corps de Henry, mais il n'était pas dit qu'on ne les retrouverait pas en remuant les plates-bandes du jardin ou en fouillant le reste de la maison : le fétichisme, songeait Marleau, n'était contre-indiqué que pour les amateurs de crimes parfaits.

Georges ne tenait plus sur ses jambes, et Marleau l'avait pour ainsi dire traîné jusqu'à la cuisine. Les yeux dans le vide, il s'était affalé sur une chaise et n'avait ni protesté ni essayé de s'enfuir lorsque Marleau, ne sachant plus que faire de lui, avait téléphoné d'abord à l'assistance judiciaire puis à l'inspecteur en chef. Dans son débardeur au tricot distendu et aux emmanchures trop larges, il frissonnait malgré la chaleur et se balançait d'avant en arrière en se recroquevillant sur lui-même. La main arrondie et repliée sur son sexe à la façon d'une petite tasse ou d'un bol à café, il attendait patiemment qu'on s'occupe de lui.

Marleau n'avait jamais revu Jeanne Ledoux, mais il savait qu'elle avait renoncé à faire des ménages pour travailler dans un bar de l'est de la ville. Elle avait maigri, paraissait au moins dix ans plus jeune qu'avant et ne se plaignait jamais d'être à nouveau célibataire. L'inspecteur avait manqué à sa promesse et avait oublié de lui remettre le manuscrit d'Agathe Krstulovic avant que toutes les possessions de cette dernière ne soient vendues aux enchères publiques. C'était une vieille Anglaise, écrivain à sa retraite, qui se l'était approprié pour une somme ridicule. Quant à Georges, il avait tout avoué le jour même où on l'avait interrogé.

Sur la tombe de Henry, Marleau avait déposé une couronne de fleurs un peu maigre, la seule qu'on lui eût échangée contre un billet de cinq dollars. Puis il était retourné à ses fonds de cour et s'était contenté de regarder voler les mouches. Traînant parfois au coin des rues, il avait pris l'habitude de se parler à lui-même et de murmurer, en prenant les passants à témoin, « *To hell with all of it...! To hell with all of it...!* »

Amour maternel

Gilles ARCHAMBAULT

Mon destin a toujours été de plaire. Sur son lit de mort, ma mère m'a dit que j'étais beau, que je l'avais toujours été. Elle ne savait pas, la pauvre vieille, que ce charme tout naturel dont je dispose m'a empêché de réussir dans la vie. Comment prendre goût au travail quand les femmes mettent à votre disposition l'argent qui vous est nécessaire ? Ces considérations me viennent pendant que je prends un *planter's punch* à la terrasse d'un grand hôtel de la Nouvelle-Orléans dont je dois taire le nom par souci d'efficacité. Je suis venu dans cette ville en mission commandée. Celle qui m'y a envoyé, madame Camille Bolduc, aime bien les jeunes hommes dans la trentaine. Je ne suis ni le premier ni le dernier qu'elle entretient. Certains l'ont bafouée. Moi pas. Je rends même de petits services à Camille comme de recueillir le montant de ses loyers, faire redécorer sa villa de Saint-Sauveur, lui servir de chauffeur à l'occasion. Par pudeur je ne vous parlerai pas de mes exploits au lit. Si Camille apprenait que je manque de discrétion, elle en aurait du chagrin. Ce qu'elle a pu rajeunir depuis que je suis entré dans sa vie ! Elle veut toujours faire l'amour. C'est moi qui dois prétendre avoir la migraine pour me reposer un peu ! Je ne dirais pas qu'elle est obèse, mais elle est un peu forte. Toutefois la figure est agréable, les yeux marron, le teint clair.

Je sais qu'elle a soixante ans. Si elle ne les paraît pas, cela tient surtout aux nombreuses heures qu'elle passe chez une esthéticienne. Son goût pour les plaisirs innocents de fins d'après-midi est parfois assombri par la maladie de son mari. Elle se demande parfois en me caressant si elle a bien le droit de le tromper. J'aime bien qu'elle ait ces scrupules. Comme si ce vieux fond de morale de nos familles pouvait me protéger.

C'est justement la maladie du vieux qui m'a valu ce voyage toutes dépenses payées. Camille craint qu'il ne meure sans avoir revu son fils. Elle ne peut pas supporter que tout ne se déroule pas dans l'ordre, ma Camille, elle insiste pour que les traditions soient respectées. Je ne suis pas sûr du tout que le Bolduc ait encore sa conscience, je ne crois pas non plus qu'il tienne tellement à revoir son fils. Le mauvais enfant s'est enfui il y a quatre ans avec vingt mille dollars de bijoux. Le coeur de Camille est insondable. Son compte en banque, auquel je préfère ne pas trop songer, est tout aussi généreux. Ah ! pouvoir vivre très longtemps avec ma Camille ! Enfin, trois ou quatre ans. Parfois je l'imagine agonisant et me disant tout bas que j'ai ensoleillé les dernières années de sa vie. Elle me laisserait alors un petit héritage que je ferais fructifier.

Je n'ai que trente ans, mais je pense déjà à une retraite dorée quelque part du côté de Cape Cod. Je ne prise pas tellement les pays chauds. L'humidité surtout me fait horreur. Ne me parlez pas par exemple de la Nouvelle-Orléans ! Ils peuvent bien se vanter partout de ce *French Quarter*, de ce berceau du jazz. En musique, je n'aime que Bach. Et puis cette rue Bourbon est un repaire de soûlards, de prostituées, de touristes mal élevés. Le *dixieland* qu'on entend partout, sans même entrer dans les boîtes, me sort par les oreilles. Cette rue pue le sperme et l'alcool. Ça m'écoeure. Seule l'angoisse d'une mère m'a poussé à venir ici. Car le fils en cavale travaille dans cette rue même. Camille croit qu'il est maître d'hôtel dans un restaurant français ; je sais depuis cette nuit qu'il y dessert les tables. L'humiliation qu'elle ressentirait si...! Mais il y a bien pire. La caissière du restaurant est très bavarde. Surtout après l'amour, quand j'ai fait sauter le bouchon du Dom Pérignon. Les détails affriolants que j'ai appris sur Antoine. Camille ne serait pas qu'humiliée !

Est-il souhaitable qu'il quitte tout de go les rives du Mississippi ? Les eaux boueuses et jaunes de ce fleuve ne conviennent-elles pas mieux à sa nature profonde ? Surtout s'il confessait tous ses crimes à sa mère ? Celle-ci ne pousserait-elle pas son sentiment de culpabilité au point de se consacrer exclusivement à la mémoire de son mari et à la présence de l'enfant retrouvé ? Être prudent toujours, ne rien brusquer. Et puis ce *planter's punch* est trop sucré ! Qu'on m'apporte plutôt un *gin fizz*. Où la serveuse a-t-elle donc appris à sourire de cette façon ? On jurerait que le M.L.F. n'a jamais existé. Est-il bien nécessaire que je rencontre Antoine aujourd'hui ? Le vieux ne claquera pas avant une semaine tout de même !

⌒

Le *Women's Lib* permet sûrement à ses membres de sourire. À la première allusion, la serveuse s'est offusquée. Je descends donc une fois de plus la rue Royale, m'attardant à la devanture des antiquaires. Si je voyais une breloque pour Camille. Après tout, c'est son argent. À la rue Toulouse, je tourne résolument vers Bourbon Street. Pourquoi remettre à demain ? Je n'ai jamais vu Antoine. Il s'est envolé bien avant mon entrée dans la vie de Camille. J'ai sa photo. Il est gras. Pas étonnant avec les parents qu'il a. Le cancer a rongé les chairs de Bolduc père mais Madame doit bien peser soixante-quinze kilos. Pour se justifier, elle dit que son embonpoint empêche les rides précoces. Elle mange sans arrêt, boit plus que de raison. Moi, ça ne m'ennuie pas, remarquez. Puisque nous ne sortons jamais ensemble à cause des racontars. Ce qu'elle peut les trouver méchants ceux qui l'empêchent de s'afficher avec son petit homme. Parfois nous faisons des randonnées dans le Vermont. À ces moments-là, elle se contrôle à peine. On nous regarde, on nous juge. Je n'aime pas. Repenser à Antoine. Ce qu'elle m'a dit de lui. Ne pas commettre d'impairs. Le reste, ce qui s'est ajouté depuis cette nuit, je saurai bien le lui dévoiler.

À la porte du restaurant, un écriteau apprend aux passants que la maison sert les *dinners* à partir de seize heures trente. Ces Américains quand même ! J'en suis à me demander s'il ne conviendrait pas d'attendre l'heure d'ouverture officielle de l'établissement plutôt que de toquer à la porte lorsque celle-ci s'ouvre pour livrer passage à un immense garçon, un balai à la main. Jamais je ne l'aurais cru si gros !

— Antoine ?

Pas de réaction. Comme si j'avais parlé au mur de briques.

— Vous êtes Antoine ?

— *What ?*

— Antoine, je viens de la part de votre mère.

— *Sorry I don't...*

— Écoute, je ne te veux pas de mal. Seulement te parler un peu.

— *I told you...*

— Tu veux peut-être que je te mette la brigade des stupéfiants aux fesses ?

Même les regards extatiques de Camille n'ont pas cette expression profonde. Le mastodonte me regarde comme si j'étais Maigret sorti de sa retraite. Un peu plus et je le rassurais. Pleure pas, mon gros, et le reste ! Tout pour qu'il ne nous fasse pas remarquer.

— Suivez-moi. Mais je vous en prie, attendez que nous soyons seuls avant de parler. Il y a deux Marseillais qui travaillent ici. Le mari et la femme.

Et si je lui avais dit que j'avais passé la nuit avec la femme, toute marseillaise et caissière qu'elle soit ?

Il m'entraîna dans une petite salle attenante aux cuisines où l'on entreposait des caisses d'aliments. Au début je craignais qu'un rat n'apparaisse, mais mon appréhension fut de courte durée.

— Qu'est-ce qui lui prend à s'intéresser à moi tout à coup ?

— Elle aime tellement les bijoux. Elle me disait justement la semaine dernière qu'elle en a perdu trois il y a quatre ans. Des bijoux qui doivent bien valoir cinquante mille dollars maintenant. Canadiens, les dollars, évidemment. Tu ne les aurais pas par hasard ?

— Qu'est-ce que vous voulez dire ? Et puis dites-moi « vous ».

— Écoute, mon gros, tu connais peut-être mal la justice américaine. Sais-tu qu'être *pusher*, c'est grave ? Surtout en Louisiane. Alors à ta place...

— Ça ne vous regarde pas.

— Qu'est-ce que tu as fait des bijoux ?

— Ça fait longtemps que je ne les ai plus.

— Donc tu admets ? Ta mère qui se demandait si elle ne les avait pas tout simplement égarés. C'est tellement grand un coeur de mère !

— Si tu la connaissais vraiment, tu parlerais autrement.

— C'est toi qui me tutoies maintenant.

— *Fuck off !* La vieille maudite, elle ne m'a jamais aimé. Bien trop occupée à recevoir les hommes pour s'intéresser à moi. Le psychiatre me l'a dit, c'est sa faute si...

— Si tu es tapette ? Dis-le si ça te fait du bien.

— Elle te l'a dit ?

— Mais non, mais non ! Mais ça se voit, figure-toi.

— Elle passait son temps à me parler des filles.

— Elle t'aime tellement, si tu savais !

— Qu'est-ce que tu en sais ?

— Elle voudrait tellement que tu reviennes à Montréal.

— Qu'elle n'y compte pas ! Je suis bien ici.

— Ton père va mourir, Antoine.

— *Who cares ?* Quant à moi, il peut toujours crever. Il n'a jamais existé. Juste bon pour faire de l'argent. Elle a compris rapidement, la bonne femme ! Le père, c'est une *slot machine !* Mais toi, qu'est-ce que tu fais là-dedans ?

— Mettons que je suis un ami de la famille.

— Laisse-moi rire ! Elle les prend de plus en plus jeunes. Tu as à peu près trente ans ?

— Il n'est pas question de ça.

— Il est question de quoi ?

— De ton père qui agonise. Il paraît qu'il te réclame.

— Donne-moi un peu de temps pour y penser. Le restaurant va ouvrir dans quinze minutes, les tables ne sont pas prêtes. Je vais me faire engueuler.

— Surtout que tu n'as pas de permis de travail.

— Mêle-toi de ce qui te regarde !

— Le vilain ! Le gros vilain !

— Attention, si je me fâche...

— Tu ne peux pas te fâcher, mon gros. Réfléchis plutôt. Mais pas trop longtemps. Je reviendrai demain soir.

— Si tu veux me parler, surtout commence pas à me menacer !

Il s'était produit dans l'immense masse de chair un branle-bas inquiétant. De grosses gouttes de sueur perlaient sur son front précocement ridé. Sa chemise blanche était déjà mouillée aux aisselles.

— Qu'est-ce que tu fais quand tu es bien fâché ? Tu manges trois poulets ou tu te branles ?

Je l'avoue, j'ai regretté aussitôt d'avoir été si cruel. Cette vulgarité ne me ressemble pas. Camille ne comprendrait pas que j'aie eu ces écarts de langage, elle qui ne parle jamais de « baiser » mais qui m'invite plutôt à venir m'« allonger » près d'elle, qui veut tellement que j'aie de la classe.

— Mon écoeurant ! me réplique Antoine qui a bien pris trois kilos depuis le début de notre conversation. L'angoisse le fait grossir.

— À demain, neuf heures ! Retiens bien que je ne suis pas patient !

Imaginez que vous lisiez actuellement un récit policier. Vous ne seriez certes pas très heureux que le narrateur vous dévoile trop tôt la clé de l'énigme. C'est pour cette raison que je ne vous dirai pas tout de suite ce qui s'est déroulé dans ma tête pendant que je buvais une bière ce soir-là au comptoir d'une buvette de la sempiternelle rue Bourbon. Faire plus de trois heures d'avion pour ne connaître finalement qu'une rue ! Vous dire à quel point elle me déplaît, cette rue étroite actuellement remplie de flâneurs qui ont pour caractéristiques d'être obèses, de parler fort, de boire beaucoup et de sentir mauvais. On a ouvert les battants de la fenêtre du petit bar de telle sorte que les passants s'arrêtent pour écouter le chanteur-pianiste qui a nom Al Broussard et qui rit sans cesse comme s'il était déjà au paradis. Peut-être est-ce du blues qu'il joue. C'est du moins ce que prétend Alice, ma Marseillaise, qui se serre contre moi malgré la chaleur. Pris par des pensées qui m'entraînent du côté de Cape Cod, je ne pense plus tellement à la musique de toute façon. Si je souris actuellement de mes belles dents à ma compagne, ce n'est pas que je la trouve aussi belle que je le prétends, mais bien parce que je sais que je tiens un peu moins à ramener Antoine à sa maman.

On ne peut pas dire qu'il y ait foule au restaurant ce soir. La moitié des trente tables sont occupées. On mange en silence ou presque. Peu de vin, mais des apéritifs qu'on conserve tout le repas. Quand je suis entré, Alice m'a souri. Derrière son comptoir, elle a fière allure. Presque belle. Avec elle, je n'ai pas perdu de temps. Trois heures après m'avoir rencontré, elle était dans mon lit, me racontait tout sur Antoine. Sacré Antoine ! À le voir rouler entre les tables avec célérité, remplir les verres d'eau, desservir, mettre les couverts, on ne dirait vraiment pas qu'il héritera bientôt. Mais il s'approche de moi, la mine effarée. Je croyais pourtant qu'il me ferait languir un peu pour la forme.

— Je préférerais qu'on ne se parle pas ici.

— Où veux-tu aller ? Au *Preservation Hall* ou à la Cathédrale ?

— Niaise pas ! Non, tu vas venir chez moi.

— C'est loin ?

— En banlieue. Une demi-heure en auto. *Chef Menteur Highway*, ça te dit quelque chose ?

— Rien qui vaille. À quelle heure tu finis ton service ?

— Sais pas. C'est jamais pareil.

— Écoute, mon gros, je t'attends à mon hôtel. Le Hyatt.

— Et si je ne me présente pas ?

— J'irai te chercher. Ou la police. Je viens d'apprendre que tu as déjà eu des problèmes avec la brigade de la Moralité. Ça m'inquiète.

— Une seule fois. On m'a relâché de toute façon.

— Pour absence de preuves. Mais je les ai, les preuves.

— Mon p'tit tabarnac !

— Attention, Antoine, la plupart des clients pensent que tu es Français. Remarque que moi, j'ai l'esprit large, ça ne me gêne pas beaucoup que tu prêtes ta maison à des prostituées, que tu t'en serves aussi pour inviter des mineurs. Ta mère...

— Laisse faire.

— Imagine le pire. Si par exemple je ne pouvais m'empêcher de dire à la police que le jeune adolescent dont on a trouvé le cadavre en bordure du cimetière Saint-Louis a déjà été ton petit ami. Qu'il s'appelle Kim. Il y a eu aussi Manuel, puis Ian.

— Je n'ai jamais entendu ces noms-là.

— Ce sont des prénoms, mon gros. Les noms, je les ai aussi. Ne parle pas si fort. Tu as un tout petit filet de voix, mais tu le contrôles mal.

— En tout cas, je ne connais pas ces gars-là. Ce n'est pas avec mon salaire que je pourrais faire vivre qui que ce soit.

— Tu sais très bien pourquoi tu continues à travailler ici. Les contacts. J'aime bien voir que des petits gars de chez nous réussissent aux États-Unis. C'est comme mon frère qui a un motel à Fort Lauderdale.

— Niaise pas. Qu'est-ce que tu veux ? Que j'aille voir mon père avant qu'il meure ? Pas question. Je peux lui téléphoner si tu veux. Rien de plus. Ma vie est ici maintenant.

45

— Ce que je veux ? Je vais te le dire tout à l'heure. Chambre 326. Attends, je vais t'écrire le numéro sur un bout de papier. Surtout viens seul. Tes amis me font peur. Pas de mon monde. Je me suis acheté un petit silencieux. Les villes américaines sont si peu sûres, on ne sait jamais qui on rencontrera. Et puis demande donc au garçon de m'apporter l'addition. À bien y penser, je n'ai pas tellement faim.

— Demande-lui toi-même.

— Antoine ! tu me fais de la peine !

Le gros garçon disparut vers les cuisines. Je me suis levé aussitôt après avoir laissé quelques billets sur la table. Bien plus qu'il n'en fallait. Quelle importance puisque Camille qui règle la note de frais ne lésine pas sur les détails. Alice m'a regardé avec amour lorsque je suis passé près d'elle. Je lui ai souri avec discrétion. J'ai marché jusqu'à l'hôtel en maudissant une fois de plus cette satanée rue Bourbon. Les touristes me paraissaient de plus en plus obèses. J'éprouvais le désir de les dégonfler. Il n'était pas possible que la graisse seule remplisse ces peaux énormes. Un tromboniste jouait *When The Saints Go Marchin' In*, un jeune Noir dansait avec des souliers ferrés au centre de la rue, un marchand ambulant offrait des hot-dogs et moi je songeais à la prochaine saison de l'Orchestre symphonique où il me faudrait accompagner Camille. Accompagner n'est peut-être pas le mot puisque je dois m'asseoir à une dizaine de rangées d'elle. Le supplice pour moi n'est pas d'être séparé de Camille mais d'écouter de la musique sans bouger. Je ne suis pas sûr que cette expérience lui plaise tellement, même si elle affirme aimer tout ce qui est culturel. Elle dit que la belle musique la repose. De quoi ? Je vous le demande.

J'admets bien volontiers que le chantage est une bien vilaine chose. Trop répandue, cette pratique serait dangereuse pour l'ordre social. Mais maniée avec tact à l'endroit d'êtres retors, elle s'avère tout à fait morale. Foncièrement je suis honnête. Par exemple, si j'accepte que Camille subvienne à mes besoins, c'est que je sais que cela lui fait un bien immense. C'est grâce à des jeunes gens comme moi si des dames moins fraîches éprouvent plus longtemps l'extase de l'amour. Nous leur procurons des élixirs de jeunesse. Elle boit mon jeune sang, ainsi qu'elle l'a écrit dans un poème qu'elle a récité lors d'une réunion mondaine à laquelle du reste je n'assistais pas à cause des convenances. Il est évident que j'ai fait plus pour elle que son mauvais fils. Aussi m'est-il facile d'admettre que l'Antoine est une crapule sans envergure que je peux exploiter à loisir.

Il s'est présenté à ma chambre d'hôtel comme promis. Pour le mettre en confiance, je l'ai reçu en pyjama. Le superbe en soie bleu pâle que Camille m'a offert à Pâques. Avec son T shirt délavé et son pantalon élimé aux genoux, Antoine avait l'air de ce qu'il était, un gros garçon qui dessert les tables dans un restaurant. Il a refusé le verre de cognac que je lui offrais. Je ne touche jamais aux drogues.

— Ça t'embête de travailler si tard le soir ? ai-je demandé pour la touche de civilité.

— Ça te regarde ?

— Te fâche pas, mon tout petit ! fis-je en regrettant de l'humilier par cette remarque. Ce n'est parce que je suis beau gosse que j'ai le droit d'en abuser. Comme dit Camille, Dieu peut m'enlever ce qu'il m'a donné.

— Je n'ai pas de temps à perdre. Dis-moi ce que tu veux au juste.

— Je suis venu à la Nouvelle-Orléans pour ramener un fils à sa mère.

— Je t'ai dit ce que j'en pensais.

— Laisse-moi finir, Dieu que tu es impatient ! Je voulais te ramener. Plus maintenant.

— Qu'est-ce que tu veux alors ?

— Te faire signer quelques petits papiers.

— Et pourquoi ?

— Des petits papiers où tu admettrais par exemple que tu as envers moi des dettes de jeu.

— Je n'ai jamais joué aux cartes.

— Moi non plus. Mais tu as commis de bien vilaines choses. Il me suffirait d'être un peu bavard. Les petits sachets d'héroïne, les prostituées, les travestis. Ce n'est pas très beau, tout ça. Dire que ta mère t'a tout donné.

— Tu n'as pas honte de chercher à me faire chanter ? Je te l'ai dit, je n'ai pas d'argent.

— Mais tu en auras. Et dans pas longtemps.

— Connais-tu le testament de mon père ?

— Si je le connais ! C'est un de mes amis qui l'a rédigé. Tu vas hériter d'à peu près cinq cent mille dollars. Tu m'en donnes la moitié et je disparais de ta vie.

Antoine me regarda comme si j'étais le Messie venu récompenser les gros pleins de suif de son espèce. Son visage glabre et rond ne m'avait jamais semblé si laid.

— Tu es sûr de ce que tu dis ?

— Puisque je te dis que le notaire était mon ami.

— Si je ne signe pas tes petits papiers, tu perds toi aussi pas mal d'argent.

— Mais je ne risque pas la chaise électrique.

— Je n'ai tué personne, Christ !

— Ton langage ! Tu n'as peut-être tué personne, mais quand les choses sont un peu embrouillées, les juges ne se donnent pas la peine d'avoir des preuves irréfutables. Surtout quand ils ont devant eux des gens en situation illégale. Si j'appelais la police tout de suite, ton père pourrait toujours modifier son testament. Camille, je veux dire ta mère, ne serait pas très difficile à convaincre. Un fils qui l'a abandonnée de façon si lâche après tout.

— En somme, je n'ai pas le choix. Ou j'hérite ou tu me dénonces ?

— Brillante déduction.

— Je peux y penser ?

— Non. Je ne veux pas que ma note de frais soit trop élevée. J'ai de la décence.

— Charrie pas !

— Tu vas t'installer à la petite table là-bas. J'ai du papier. Du beau vélin. Une plume. Tu vas écrire ce que je te dirai. Applique-toi. C'est important. Comment es-tu en orthographe ? J'ai horreur des fautes. Je pense que je préférerais renoncer à ma part... enfin presque !

Maintenant que tout s'est effondré, il ne me reste plus que le souvenir d'une ville que je déteste. Le *French Quarter !* Je vais leur en faire une publicité, moi, au *New Orleans State and City Tourist Center* ! Il s'est bien vengé, l'Antoine. Pas si andouille que je croyais. Il a glissé mot de mon existence à ses amis. De gentilles brutes qui m'ont tabassé dans ma chambre d'hôtel même. Un coup à la porte. Je crois qu'il s'agit de mon petit déjeuner, c'est un colosse qui me donne un coup de genou dans l'estomac. Ce qui s'est passé par la suite, je n'ai pu que l'imaginer. J'avais bien dissimulé le document dans ma doublure de veste, mais ils ont tout éventré. Ils ont poussé la sollicitude jusqu'à déposer dans ma chambre des sachets de cocaïne, des seringues en quantité suffisante pour que je sois accusé de traffic. La plainte que j'ai alors déposée contre Antoine n'a rien donné puisqu'il avait quitté son travail. Deux semaines plus tard, son immense corps flottait sur le Mississippi du côté du port. À bien y penser, mon sort est peut-être préférable. Sous les verrous à songer aux erreurs que j'ai commises. Il ne faut jamais mésestimer les gros. Mais pourquoi Camille ne m'écrit-elle pas ? Qui donc m'a remplacé auprès d'elle ? Je ne la regrette pas tellement au fond. Elle faisait quand même trop d'embonpoint ! Et puis Alice, à la visite, est si gentille. Elle m'affirme que je pourrai travailler au restaurant dès ma sortie dans cinq ans. Ça m'aide à supporter la nourriture du pénitencier...

L'Assassin du président

Claude
JASMIN

Je suis bien nourri. C'est agréable ici. C'est une clinique privée. Semi-privée. Il paraît que le directeur reçoit des subventions de l'État. Les patients qui habitent ici ne semblent pas bien malades. En tout cas, on ne me pose pas de questions. Je n'ai pas droit aux soigneurs spécialisés. Le directeur m'a dit ce matin : « Ne vous tracassez pas. Vous pouvez rester ici tant que vous voudrez. Avec le temps, on vous laissera sortir. Le temps efface tout, vous verrez. » Je suis donc logé, nourri, et je reçois même chaque vendredi une enveloppe qui contient pas mal d'argent. Bien plus qu'il m'en faut. Je peux sortir, accompagné d'un garde-infirmier. Je vais aux deux petits cinémas du village, aux restaurants des alentours. Et je peux même fréquenter une fille de la place. Elle est serveuse au snack-bar du carrefour. Le garde est discret et il va jouer aux quilles dans un édifice. Voisin de celui de ma... dulcinée. C'est parfait. Hier, Frank est venu me voir. Il m'a dit : « Il n'y a qu'une consigne. N'en parle pas. Ne raconte à personne ce qui t'est arrivé. Ça t'aidera à sortir de cette clinique bien plus rapidement. Oublie tout. Fais comme si cela avait été un cauchemar. »

Qui je suis ? Je suis un orphelin qui a été ballotté de foyer d'adoption en foyer d'adoption. Bafoué ou non, selon les adopteurs. Délinquant classique à quinze ans. Fugueur. Le vrai sujet d'articles à sensation pour faire pleurer le bon petit bourgeois. Résultat ? Un gros penchant pour... la bière. À vingt-cinq ans, déjà, j'avais battu pas mal de records dans certaines tavernes et pubs de la capitale. C'est d'ailleurs dans une petite brasserie de la banlieue que j'ai rencontré, sur rendez-vous, mon bon ami Frank. Frank c'est le type *cool*. Mince, grand, lunettes à montures de corne foncée, bien vêtu, bonnes manières, toujours calme. Méthodique, mon Frank. Il m'a fait une proposition, difficile à refuser, car j'ai toujours aimé les complots, les combines compliquées, et la bière !

Il m'a mis dans ses confidences. Il sait, malgré une certaine froideur, réchauffer une âme sensible. Il a fini par me dire, par m'avouer : « Le président est mal pris. Il n'est pas certain d'être réélu. » Moi, la politique, ça me laisse de glace. Je savais bien que le président était en mauvaise posture, ça, tout le monde le savait, pas vrai ? J'ai suivi Frank dans un petit bureau fraîchement loué. C'était écrit : « Communika Inc. » sur la porte du bureau de Frank. « Ce n'est qu'une filiale », m'a-t-il glissé. On a bu. Lui du scotch, moi... ma chère bière. Il en a fait venir car il n'en avait pas dans son petit bureau de « Communika kaka ». On a bu pas mal. Il m'a appris qu'il avait cherché assez longtemps un personnage dans mon genre. Un bonhomme avec un « casier » pas trop lourd, je parle de casier judiciaire. Un type pas trop bien, pas trop louche non plus. Et surtout qui aurait déjà eu des difficultés de... « réinsertion sociale ». Un gars qui aurait déjà été suivi, non seulement par la police mais par des psychiatres. Car, oui, j'ai déjà voulu me suicider, et on m'a traîné chez des confesseurs-médecins. Bref, j'étais l'acteur parfait pour le mimodrame que venait d'inventer monsieur Frank Pietri, expert en publicité, en communication, en relations publiques, en tout ce que vous voudrez.

Un expert ? Absolument. Tout a été réglé. Un vrai ballet. Il m'a fait répéter mon rôle. J'étais l'acteur idéal. Pas une réplique dans son scénario. Un rôle muet. Un rôle plein. Avec beaucoup de figurants. Un grand premier rôle : tirer sur le président de mon pays ! Ne pas le rater. Dans les jambes. Ne pas rater les jambes. On m'a fourni les accessoires. Un bon pistolet. On m'a fait faire des exercices. Je suis allé tirer durant des semaines. Je tirais déjà pas trop mal. Mais cette fois il fallait être parfait. À mesure que la campagne électorale présidentielle avançait, à mesure je devenais expert tireur. J'aurais pu tirer un moineau à mille pieds de distance. Frank était fier de moi. Il jouissait. Il me tapait dans le dos. Il m'amenait manger et boire. Il ne me lâchait plus. Et il me parlait de son idole, du président menacé d'être battu aux élections.

Je l'écoutais vanter les mérites de son maître. Car j'ai bien vu que les ficelles étaient tirées en haut lieu, que Frank obéissait à des gens importants. J'étais sa marionnette et lui était la marionnette d'un autre. Au téléphone, souvent, je l'entendais dire poliment : « C'est entendu, monsieur, j'y verrai personnellement, monsieur, je ferai comme vous voudrez, monsieur. » Il en devenait onctueux parfois. Et nerveux aussi. Plus le jour J approchait, plus il devenait fébrile. Surtout que la cote d'amour de son président en campagne baissait de sondage public en sondage public. Il m'a dit une semaine avant que j'entre... en scène: « J'espère que tu sais le rôle important que tu vas jouer dans l'histoire. Un président qui se fait tirer dessus, qui va s'en réchapper, qui va paraître increvable, intouchable, qui va sembler presque un ressuscité, un superman, ce président-là, grâce à toi mon vieux, va faire se retourner l'opinion publique. Les gens aiment les héros dans ce pays. Ils aiment un homme qu'on a voulu tuer, qui ne meurt pas, qui se relève et qui continue à marcher... du moins à rouler. Car, tu verras, ce sera le premier « président-en-chaise-roulante » élu avec une très grande avance sur son adversaire. » Je lui avais demandé : « Il est au courant ? Il sait qu'il ne va plus pouvoir marcher ? » Frank m'avait répondu : « Il ne veut qu'une chose. Ne pas perdre le pouvoir. Il a accepté. La puissance en chaise roulante plutôt que de perdre la puissance. »

Je ne sais pas ce que c'est le pouvoir. Je n'en ai jamais obtenu, pas même un petit bout. Frank m'a expliqué longuement cette drogue. Cette jouissance particulière de commander à toute une nation. Et surtout à la nôtre, qui, comme on sait, n'est pas n'importe quelle nation sur ce globe. Je suppose que c'est une griserie au-dessus de tout. Je le suppose. Pour accepter de devenir infirme, ce doit être en effet une bien grosse euphorie.

Vous auriez dû me voir le jour J. Je me sentais plutôt énervé. J'avais les jambes légèrement flageolantes. Tout était prévu. On me guidait. Frank téléphonait. À un tas de gens. Il parlait par saccades brèves. Le président donnait un grand discours devant les membres d'une grosse association d'entrepreneurs. Frank, au téléphone, s'agitait, faisant mine de garder tout son calme mais je le connaissais un peu mieux et je savais bien qu'il était supernerveux. Ensuite, il est venu près de moi, il était midi, ce vendredi-là. Il m'a montré pour la nième fois les photos des lieux. La rue étroite derrière l'hôtel où allait discourir son cher président. La ruelle qui coupait cette petite rue. La porte de garage marquée « Marchandises seulement », qui s'ouvrirait automatiquement quand je presserais le bouton-lumière rouge au-dessus de ma tête derrière un carré de toile grise. Photos du garage, de l'entrepôt. Petit escalier de bois au fond de l'entrepôt. La porte métallique qui conduit aux toilettes. Une autre porte métallique. Un autre escalier. En métal cette fois. Photos toujours. Puis la porte de bois. Le hall de l'hôtel. Je devais marcher jusqu'au grand portique. Aller sous l'auvent rayé, dehors, à ma gauche. Montrer ma carte de journaliste aux gardiens qui, sans doute, l'exigeraient. Et là, attendre patiemment la sortie du président. Le laisser saluer la petite foule qui se trouverait sans doute rassemblée, attendre qu'il s'approche de la limousine noire. Et là ? Et là, crier dans sa direction : « Mort au président libéral ! » Je répétais mon cri comme un comédien dans les coulisses en examinant l'entrepôt, l'escalier, puis les toilettes... puis le hall de l'hôtel, l'auvent rayé...

J'ai montré ma carte de presse. Un garde a grogné : « Merci, m'sieur ! » Vous savez maintenant que ce vendredi-là il faisait un temps de cochon. Une pluie glaciale. La foule n'était pas bien nombreuse.

Le président sortit de l'hôtel. Poudré, maquillé, bien coiffé, avec l'éternel sourire de tous ses posters. Il me semble qu'il m'a regardé. Vérifiait-il si tout le plan se déroulait parfaitement ? J'ai sorti mon revolver. J'ai crié en bafouillant : « À bas le libéral président ! » Il s'est retourné, il a regardé Frank tout près de lui. Frank m'a regardé. J'ai eu envie de tirer sur Frank ! Un goût subit. La désobéissance. C'est bien la première fois de ma courte vie que j'obéissais aveuglément à quelqu'un. Il me semblait que le temps lui-même s'arrêtait, que ces secondes, ces fractions de secondes duraient des heures. Je me souviens, j'ai entendu un cri, loin, un cri étrange : « Oublie pas ! » Je n'ai jamais su qui, dans la rue voisine, avait crié : « Oublie pas ! » Je me rappelle, j'ai pensé à un gars qui criait à sa blonde : « Oublie pas ! » Un rendez-vous ? Et j'ai tiré. Des cris de panique montèrent de la petite foule.

Frank me l'avait dit, deux des hommes de garde du président me tomberaient dessus, me cogneraient un peu et m'enfourneraient à toute vitesse dans une Plymouth rouge. La Plymouth rouge filait. Derrière nous, d'autres voitures anonymes et des moto-cyclistes de la police. Un beau chahut. Des sirènes de tous les côtés. J'étais, moi aussi, un héros. Les caméras de télé avaient dû enregistrer tout mon numéro. Si bien rodé. Tellement bien répété, n'est-ce pas, monsieur Frank Pietri ?

Après mon numéro d'acteur, tout s'est déroulé comme me l'avait prédit Frank. Incarcération. Trois jours dans la capitale. Ensuite une prison lointaine. Le procès, bidon. L'avocat, brillant. Le défilé des témoins. C'était bien moi le tireur. Pas de doute. Mais était-il sain d'esprit ? Le vieux psychiatre de la police. Le questionnaire en règle. Les tests. Je connaissais les questions par cœur. Et les réponses donc ! J'ai obéi. J'ai répondu comme il le fallait. Et ce fut le transfert à l'asile-prison. Les menaces. Des menaces bien organisées. Frank dans le grand bureau de direction de l'asile. Le directeur qui m'explique solennellement que ma vie était en danger. Qu'il fallait m'éloigner. Me cacher. Il me parla comme on parle à un fou. Lentement. Sûr que le misérable sonné ne comprendrait pas bien. J'avais envie de rire.

Et ce fut la petite clinique semi-privée. Et ce fut le jour des élections. Et le triomphe électoral du cher président de Frank Pietri, le génie de la publicité ; en chaise roulante qu'il prêta le serment, son président, en chaise roulante de grand luxe ! Il faut aimer gouverner. Il faut aimer ça, le pouvoir, je vous le dis.

Le directeur de la clinique a reçu l'ordre de donner mon courrier, si jamais j'en recevais, à monsieur Pietri. Frank, un soir qu'il avait bu un peu plus que de coutume, me fit lire une annonce parue dans un journal de la capitale. Ça disait à peu près : « Où que vous soyez, sachez que nous souhaitons publier un livre sur vous, sur votre vie passée, faites-nous signe, votre prix sera le nôtre. » Frank m'avait dit : « Tu n'auras jamais besoin d'argent. » Puis Frank me lut une lettre curieuse, c'était écrit : « Je suis un autre pensionnaire comme vous, pour avoir osé faire ce que vous avez fait à notre cher président, un jour, vous ne savez pas quel jour, je vous abattrai. » C'était signé : « Assassin pour assassin. »

Frank ajouta : « Est-ce que ça te fait peur ? » J'ai répondu : « Oui. » Frank a souri et il est parti ; rendu au fond du couloir de la clinique, à l'étage des chambres, il s'est tourné vers moi et a dit : « Il ne fera rien sans mon autorisation. Ne crains rien ! » Et il avait ri.

Je me rappelai soudain avoir vu Frank se promener dans le jardin de l'asile avec un certain Simon. Je m'étais dit que Frank s'amusait à écouter parler ce grand malade. Simon délirait souvent, se disait une réincarnation de Moïse. C'était un cinglé agressif. Il faisait parfois des crises et cassait tout sur son passage jusqu'à ce qu'on vienne l'envelopper dans une camisole de force. C'était peut-être, ce Simon, une autre des marionnettes de Frank ?

Un matin, j'ai trouvé une pile de coupures de journaux sur le pas de ma porte de chambre. J'ai lu ça, c'était la relation des événements. On parlait de blessures aux jambes du président mais aussi aux reins et aux poumons. Je n'avais tiré que dans les jambes ! Je m'étais assez exercé ! Quand j'en parlai à Frank, il m'expliqua que tout avait été prévu : l'hôpital, un petit hôpital privé, à quatre pâtés de l'hôtel, le chirurgien en devoir, tout, tout, tout. J'ai compris. Il fallait un martyr. Un vrai. Un héros. Un superman qui se relève des catacombes, un lazare qui sort de son tombeau, vivant ! J'ai tout compris. Frank était sans doute un génie. Lui et ses adjoints.

Après des mois de cette vie de demi-reclus, je commençai à m'ennuyer. Je trouvais le temps mort. J'étais fatigué de cette vie en clinique, entouré de demi-aliénés, de vrais fous, de blouses blanches. Je ne pouvais plus voir ce directeur et ses manières de faux prêtre. Je voulais m'en aller. Sortir. Vivre libre. Me débarrasser de ce beau collier en argent installé par mon vieux Frank si prévenant.

J'en avais assez. J'en étais venu à regretter cette mascarade, ce faux attentat. Un soir, je profitai d'un moment d'inattention de mon gardien de sortie pour jeter une lettre à la poste du village. Je l'avais adressée à l'éditeur qui avait publié cette annonce apportée imprudemment par Frank. J'avais écrit une lettre très brève à cet annonceur intéressé à publier l'histoire de mon forfait. J'avais seulement indiqué : « Je suis l'assassin du président. Si vous pouvez me faire enlever et me cacher un certain temps, je ferai votre fortune... et la mienne par la même occasion. Une histoire politique et policière pas trop banale, vous verrez. » Et j'avais donné l'adresse de la clinique avec un plan du jardin, des murs, *et caetera*. Chaque soir, je m'endormais très tard, j'imaginais les gens de mon éditeur montant à l'assaut de la clinique, on frapperait discrètement à ma porte et je serais transporté nuitamment hors d'ici, loin, libre, rédigeant le récit de cette aventure. Les jours passaient. Rien ne vint.

Un matin pourtant, j'avais oublié mon appel au secours, le directeur, toujours amène, me réveilla tout doucement en m'annonçant que l'on me demandait dans le hall de la clinique. Je me suis habillé en vitesse. « On vient me chercher ? » Je répétais cela en jetant dans ma valise tous mes effets. Enfin ! C'était mon éditeur ! Il avait réussi à tromper le directeur Dieu seul sait sous quel prétexte. J'ai failli débouler l'escalier de la clinique.

Dans le hall, il y avait un homme. Je m'arrêtai de marcher. Il vint vers moi, très lentement, en faisant balancer son large torse, ses épaules d'armoire. Je vis, dans une de ses larges mains-battoirs, ma lettre à l'éditeur ! L'enveloppe décachetée avec l'en-tête de la clinique. L'homme s'arrêta à quelques pas de moi et dit : « Allez-y, sortez, je vous rejoindrai, il faut que je fasse les derniers arrangements. »

Je marchai lentement vers le portique, puis descendis le vieil escalier de pierres. Le jardin était lumineux. C'était un vrai beau matin d'été. Une aube rare. Avec un soleil levant éblouissant déjà. Au fond du jardin je vis un tas de fauvettes. Et qui soudain s'envolèrent ! Derrière un bosquet, je vis Simon ! Le fou à Simon ! Il était en pyjama blanc et marchait vers moi. Il tenait quelque chose dans sa main droite. C'était sans doute un revolver. Je voulus fuir, je regardai vers la barrière de fer ornemental. Je vis la Plymouth rouge et à côté, la Mercedes grise de Frank. J'avais compris. J'imaginais déjà une manchette : *L'assassin du président voulant fuir l'asile est abattu par un dément.*

Le faux prêtre me fit sursauter. Il était rendu juste derrière moi, il me dit à voix basse : « Vous avez compris, jeune homme ? Il faut promettre de ne plus écrire. Ne plus jamais écrire ni téléphoner même. » Je me suis jeté à ses pieds. Je l'ai imploré, supplié. Le directeur alors m'a pris par le bras et m'a fait rentrer. Il a dit à l'homme de la Plymouth rouge : « Il va être sage. Il m'a promis de ne plus sortir. De rester ici avec nous bien sagement. » L'armoire ambulante sortit. Je regardai par la fenêtre. Frank me salua de la main, plusieurs fois. Les deux voitures quittèrent l'allée de gravier de l'asile. Simon entra à son tour. Il ne me regarda même pas. Le directeur tendit la main et je vis que Simon lui remettait un gros fusil à l'eau, un gros jouet métallique gris.

Simon monta tout doucement l'escalier. « C'était un fusil à l'eau, non ? » Le directeur sans me regarder marcha vers son bureau en disant : « Il pourra aller arroser notre massif de pivoines avec ça souvent. Je lui ai promis. » Avant de refermer la porte du bureau, il prononça à voix plus forte et plus fermement : « Attention, un bon matin, il pourrait bien avoir un vrai fusil, vous savez. » La porte se referma tout doucement sur le directeur. Valise à la main, je suis monté à ma chambre avec, pour une fois dans ma vie, une maudite envie de pleurer. J'étais enfermé dans le plan de Frank ; à perpétuité.

Il y a bien longtemps, il me semble, que je vis dans cette clinique. Subventionnée de plus en plus généreusement par le gouvernement. Ceux qui m'ont connu ne me reconnaîtraient plus. Je mange. Je mange sans arrêt. Je suis bouffi. De partout. Je dois peser dans les deux cents livres. Je me palpe et je me trouve mou, tout mou. Je regarde à la télé du parloir de la clinique notre cher et héroïque président-en-chaise-roulante. Tout souriant, il se laisse fêter par une troupe d'artistes réunis, c'est l'anniversaire de sa ré-élection. Il parle de ses beaux projets d'avenir pour le bonheur de la nation entière.

Plus jeune, je vous l'ai dit, j'ai déjà songé à me tuer, mais maintenant que je suis rentré dans l'Histoire avec un grand H... Un volume relié est là à la bibliothèque de la clinique. On y parle des assassins politiques et savez-vous que sur les dix chapitres du gros manuel, on m'en a consacré un ! Un petit. Oui, je suis dans l'Histoire maintenant.

J'aimerais faire des photos de votre grange

Jean-Marie
POUPART

Ma soeur m'a raconté que lorsqu'elle avait mon âge, elle faisait des plans pour tuer le père. Je n'ai donc rien de tellement original.

J'ai treize ans.

Je suis l'avant-dernière d'une famille de cinq enfants : Christiane, Mireille, Andrée, Claude et Michel. Oui, quatre filles. Et le cadet est un garçon. Celui-là, mes parents l'attendaient plus tôt : pourquoi croyez-vous que je m'appelle Claude ?

Christiane vit en Ontario. Mireille habite tout près avec son mari Jean-Marc. Ils ont fait construire leur maison juste avant la loi sur le zonage agricole. Andrée passe l'été chez sa marraine à Chicoutimi. C'est elle qui cherchait le meilleur moyen d'assassiner le père. Michel conduira le tracteur pendant tout l'été.

Maman est morte à la naissance de mon frère.

Je ne parlerai pas des trois employés du père. Ils viennent pour les travaux de la ferme et repartent chez eux chaque soir.

J'écris ces lignes les deux pieds dans la piscine. Le soleil me chauffe le dos.

J'aime bien écrire.

À six ans, je savais écrire le mot A-S-T-H-M-E. Devinez comment ça se fait... N'empêche que je suis robuste.

Nous avons une piscine, c'est exact. J'appartiens à une famille à l'aise. Je n'ai pas connu le temps où c'était honteux d'être né à la campagne. Christiane m'en parle dans ses lettres et j'ai lu ça dans des romans. Il y a eu une époque où la société québécoise méprisait ceux qui la nourrissaient sous prétexte qu'ils n'étaient pas instruits. On ne disait pas les cultivateurs mais les habitants. Aujourd'hui, on ne dit pas davantage les cultivateurs. Le père, par exemple, est producteur agricole. Comme homme d'affaires, il a la réputation d'être redoutable. Je crois que cette réputation est fondée.

À côté de moi, étendue sur le ventre, il y a Sylvie. C'est la sœur de Jean-Marc. Elle est en visite chez Mireille pour quelques semaines. Elle a mon âge.

Elle a détaché son soutien-gorge. Tout à l'heure, elle voulait l'enlever. Il paraît qu'en France il n'y a plus personne qui porte ça. Moi aussi, imagine-toi, je lis les magazines.

N'importe qui peut nous voir — pas de la maison puisque la piscine en est assez éloignée mais de la route. N'importe qui.

Le plaisir de prendre du soleil est de plus en plus gâché par les fanatiques du bronzage à tout prix. Et ta sœur ? J'écris : « Et ta sœur ? » parce que ça me semble la conclusion normale à pareille réflexion.

N'empêche que je tousse moins depuis qu'il fait plus chaud.

Toujours est-il que je pourrais pousser Sylvie dans l'eau. Elle ne nage pas bien. Elle se noierait en moins de deux minutes.

Ça ferait une histoire courte.

Ses lèvres remuent. Elle dit tout bas les paroles des chansons américaines qui passent à la radio. Elle sait tout ça par cœur. Elle a appris ces sottises. Quelle perte de temps !

Comme de raison, elle ne sort jamais sans apporter son transistor. Depuis qu'elle est là, je dois m'enfermer dans ma chambre pour jouer de la flûte — sauf tard le soir quand elle est retournée chez Mireille.

C'est son petit ami qui veut qu'elle soit bien bronzée. Parce qu'elle a un petit ami ! Elle s'est assez contorsionnée pour que je remarque la morsure, là, sur son épaule. Comme j'ai fait celle qui ne s'apercevait de rien, elle n'a pas pu résister. « Écoute ! que je lui ai répliqué. Quand tu te sentiras amoureuse à ce point-là, mords-moi plutôt une fesse. Au moins, ça ne se verra pas ! »

J'ai hoché la tête. S'il y a une chose que je ne cherche pas à attirer, c'est bien les confidences. Mireille pense que ça fait partie de mon complexe de première de classe. Oh ! je n'ai aucune objection de principe à demander à quelqu'un comment ça va. Je peux même poser des dizaines de questions dans ce ton-là. Une seule condition : que les réponses ne durent jamais plus de cinq secondes chacune.

Y a-t-il un plaisir plus fin, alors qu'on s'apprête à éplucher les patates, que de découvrir dans le journal un article négligé trois jours auparavant ?

Celui-là porte sur un petit garçon de huit ans qui a assassiné ses parents au cours d'un pique-nique. Puis, il y a l'histoire des deux vieux curés qui ont conclu un pacte de suicide. Intéressant.

Moi, je suis frigide. J'ai le moteur de la moiteur tout détraqué. J'adore expliquer les choses de cette façon : ça fait rire mes amies.

Nous étions en train de manger. Ç'a sonné à la porte. Je suis allée ouvrir. Il était là, les bras ballants, avec son appareil en bandoulière. Je l'ai fait entrer. Il a expliqué au père qu'il était étudiant et qu'il occupait son été à photographier des granges.

« Le prix que je charge ? Tout dépend, monsieur, de ce que vous voulez exactement... »

Le père, d'ordinaire si mesquin, l'a accueilli à bras ouverts.

L'hémorragie de bonté a toutefois été de courte durée. Non, il n'a pas besoin de photos, il en a plein la maison. Mais il y a les foins, ça presse, et pour ça, il est prêt à embaucher l'étudiant pendant une semaine ou deux.

— C'est quoi, ton nom ?

— Pierre.

— Je vais te nourrir, je vais te loger, mon Pierre, puis je vais te donner... Euh...

Ils ont marchandé. Le père a cru faire une bonne blague en disant que lorsqu'on ne pèse pas deux cents livres, il ne faut pas s'attendre à être traité sur le même pied qu'un homme. Ils ont pourtant fini par s'entendre.

Pierre a téléphoné à Montréal pour prévenir sa famille.

On va avoir pour quelque temps sa vieille Volks dans la cour. Misère ! qu'elle est rouillée.

Pierre étudie en anthropologie à l'Université de Montréal. Il se considère comme un raté. C'est d'ailleurs chez lui un sujet de fierté.

On place sa vanité là où l'on peut.

Il s'imagine que s'il était le plus grand raté du monde, les autres l'envieraient. Tous les ratés que je connais pensent comme ça.

Malgré ses petits airs, il se prend très au sérieux. J'ai été incapable de m'empêcher de lui dire que son histoire de photographier des granges n'était pas une idée de génie. D'abord, en cette saison de l'année, les cultivateurs sont débordés et n'ont pas de temps à consacrer à des niaiseries. Ensuite, il y a parmi eux des personnes qui connaissent la photo. On n'est plus en mil neuf cent cinquante.

Il me demande si moi, la photographie m'intéresse.

Pas du tout.

Il admet qu'il a toutes sortes de préjugés sur le monde rural.

Je ne le trouve pas si antipathique...

Je me suis précipitée dans la salle de bains. Pendant notre conversation, Pierre a parlé des gens qui ont le front bombé : ils ne seraient pas tellement intelligents et il ne faudrait surtout pas leur faire confiance. Le père a le front bombé.

Miroir, joli miroir, dis-moi...

Bah ! Qu'importe : il y a un maudit bout de temps que je ne m'inspire pas confiance à moi-même.

Un beau jour, avec un gros marteau de caoutchouc, je vais débosseler le front du père, je vous le garantis.

Ma grand-mère me dit que ce qui se conserve encore le mieux dans la mémoire, c'est ce qui n'a jamais vraiment existé.

J'ai passé l'après-midi avec elle.

Elle ne va pas bien, elle est fatiguée.

Ah ! l'énergie que ça doit prendre pour marcher sur la pointe des pieds toute une vie durant ! À mon avis, si elle se maintient en santé, c'est d'abord pour ne pas déplaire à son médecin. Elle veut juste éviter de se faire gronder quand elle va en consultation. Son corps ne l'intéresse plus. Son corps ne l'a jamais intéressée.

Contrairement à d'autres vieilles, contrairement à sa sœur Véronique, elle ne voit pas du tout ce qui lui arrive comme une catastrophe. À l'approche de la soixantaine, la graisse aidant, Véronique se comporte comme si elle était redevenue vierge. Ça ne fait plus rire personne. Elle a eu huit enfants. Il paraît que c'est un phénomène fréquent à cet âge-là.

Sylvie vient nous retrouver. Grand-maman l'écoute attentivement se plaindre du petit bouton qu'elle a sur le menton. Grand-maman, elle, a un cancer de la peau. Pourtant, elle cherche à remonter le moral de Sylvie. Elle réussit puisque l'autre décide bientôt de retourner s'étendre au soleil.

Du moment qu'elle a le cul au chaud, celle-là ! Évidemment : c'est la majeure partie d'elle-même.

Ce soir, au restaurant Tony, j'ai surpris mon frère Michel en train de boire dans le même verre de cola qu'une fille de ma classe.

Encore un autre pour qui vient de se terminer le temps des durs de durs, le temps des camarades, le temps de l'indifférence.

Quelle sottise il commet de se laisser attirer par les filles ! Je le vois, d'ici quelques mois seulement, tout embarrassé, tout empêtré dans sa tendresse, souffrant moralement de ce que la réalité s'interpose continuellement entre lui et son amie.

Inutile tendresse.

En attendant, nul doute qu'il va cesser de collectionner les casse-tête chinois. Il n'a absolument plus besoin de substituts à la masturbation.

Le soleil est couché depuis presque un quart d'heure. Pierre utilise un film très sensible. Ça lui permet de photographier même s'il n'y a plus beaucoup de lumière. Peut-être se sert-il aussi d'autres trucs, je n'en sais trop rien. En toute honnêteté, je dois noter ici que c'est Sylvie qui a insisté.

« Je n'ai presque pas de photos de moi. Et ce serait bien, là, près de la piscine. Il y aurait les reflets de l'eau... » Et patati, et patata.

C'est elle qui a insisté mais Pierre s'en donne maintenant à cœur joie. En cet instant, il fait très commandant de garnison dans un vieux film français... Je suis certaine que ce gars-là s'imagine être un amant doué.

Clic ! Clic ! Clic ! Il tourne autour de Sylvie qui fait des mines, détache un bouton de sa blouse, découvre une épaule.

Tout à l'heure, j'ai eu pendant une seconde l'impression que ce n'était plus Sylvie. Je la voyais de profil. Je connais mal les mystères de son visage. Et il fait quand même assez sombre. Oh ! mais c'est bien elle : malgré la crème à masquer l'acné, on distingue encore la pustule qu'elle a en plein milieu du menton.

Clic ! Clic ! Clic ! Il parle, parle, parle. Il se comporte comme s'il ne s'apercevait pas qu'elle se déshabille et qu'elle lui fait du charme. Je pense qu'il a bu.

— La prochaine fois, Claudie, c'est des photos de toi que je veux faire.

— Les poules auront des dents ! Puis, en ce qui me concerne, le strip-tease...!

Je décampe, écoeurée.

Dans le salon, le père regarde le base-ball à la télévision. La maison pourrait lui tomber sur la tête qu'il ne s'en rendrait pas compte.

Je monte me coucher.

S'il y a une chose qui me fait grincer des dents, c'est bien qu'on m'appelle Claudie !

J'ai commandé de la musique, des partitions pour flûte. Quelques disques aussi. Je dois envoyer un mandat. Au bureau de poste, le commis est désagréable avec moi. J'estime donc que j'ai raison de pester contre lui. Mais il a également été désagréable avec la vieille qui me précédait et ça m'a frustrée qu'elle lui réponde : elle me faisait perdre mon temps.

En engueulade, je constate que je ne sais pas me débrouiller. Mon frère, lui, est parfait. Il s'arrange pour que son interlocuteur hausse le ton et lui se contente de rester juste un petit peu en dessous. Moi, je ne peux pas m'empêcher de grimper sur mes grands chevaux. J'en ai même des palpitations.

Michel est le seul de la famille autorisé (implicitement) à répliquer au père (en public). Et il a acquis à ce jeu un redoutable sens de la repartie. Nous, les filles, n'importe qui peut nous clouer le bec. En privé, ça m'arrive de dire au père ma façon de penser. Il m'accuse alors de lui manquer de respect. Pourtant, je le vouvoie... Je vouvoie le père et je tutoie grand-maman.

Le père a l'impression que tutoyé par ses filles, il perdrait de son autorité.

Ah ! l'haïssable individu !

En sortant du bureau de poste, j'ai justement rencontré mon premier professeur de musique. Il a loué pour l'été l'ancienne maison du bonhomme Gaudreau à l'autre bout du rang. Il organise des parties presque tous les soirs et il dit à ses voisins cultivateurs : « Dans ce coin perdu de la campagne, il faut bien se distraire ! Autrement, on devient fou... »

Voilà comment les gens de la ville sont délicats !

Pierre peut avoir des remarques plus blessantes encore. Et il n'a pas la naïveté de mon professeur. Il a pleinement conscience qu'il est méchant. Il savoure ça en clignant des paupières.

Heureusement, de ce temps-ci, les travaux de la ferme l'accaparent toute la journée.

Je regarde avec Sylvie le film qui passe à la télé. Nous avons installé l'appareil près de la piscine.

J'ai beau parler en mal du père, il n'y a personne que je déteste plus que des inconnus. Par exemple, ce radio-amateur qui brouille l'image toutes les dix secondes et que j'entends débiter ânerie par-dessus ânerie. Surtout que je le soupçonne de se parler tout seul ! L'avoir proche de moi, je l'étriperais avec la grande fourchette du barbecue.

Sylvie soupire, se lève et va nager quelques longueurs. Subitement, elle sort de l'eau et file chez Mireille en sacrant à tue-tête.

Elle est menstruée.

Je ne vois pas comment elle a pu s'en apercevoir tout en se baignant.

Va falloir que j'étudie mes émotions, que je sache pourquoi au cinéma devant telle et telle séquence j'ai soudain les larmes aux yeux, que je reconnaisse les personnages auxquels j'ai facilement tendance à m'identifier...

Je m'implique trop dans toutes sortes de bagatelles.

Bon. Ça devait sans doute arriver.

Je m'assois sur le plongeoir et je me mets à jouer de la flûte.

Pierre se pointe en maillot de bain, portant sous son bras la grosse serviette de Michel que ce matin j'ai lavée, séchée, pliée de mes propres mains... Il sent l'alcool à plein nez.

« Je viens faire trempette, ma belle Claudie. »

Qu'est-ce que vous voulez que ça me fasse ?

Je continue de jouer.

Évidemment, il m'asperge d'eau.

Je ne réagis pas.

« Elle tape un peu sur les nerfs, ta musique. Es-tu capable de trouver autre chose que des airs de Noël ! ? En plein mois de juillet... Quand même ! »

J'attaque *Çà, bergers, assemblons-nous*. Là, il devient grossier. Ça pourrait être drôle, ça ne l'est pas du tout. Au contraire.

Si j'avais eu un peu plus de cran (et un peu moins de jugeote), j'aurais marché jusqu'à la maison, j'aurais décroché le douze du père et je serais revenue le lui décharger dans le ventre.

À l'arrivée de la police, j'aurais de nouveau été assise sur le plongeoir en train de jouer des cantiques, regardant l'eau rosie par le sang.

Romantique, hein ?

Mais je vais me venger, on peut en être sûr. Et ça ne tardera pas.

J'ai entendu gratter à la porte de ma chambre. C'était Pierre.

« Excuse-moi pour tout à l'heure. Je voulais seulement te taquiner... »

Je porte ma grosse robe de chambre en ratine bleue. J'en remonte vivement le col, je fais celle qui s'emmitoufle et je lui dis que c'est d'accord pour les photos. Il n'en croit pas ses oreilles.

— Pourtant...

— Eh oui !

— Quand ?

— Deux heures du matin, à la piscine. Il y a la lune et...

— Oh ! pas de problème avec l'éclairage. Je peux m'arranger.

— Tant mieux, tant mieux.

Ç'a été très simple.

Il a commencé à prendre ses photos. Ensuite, il m'a dit qu'il voulait me voir toute nue. J'ai répondu que j'acceptais à condition que lui aussi se déshabille.

Quand ç'a été fait, je l'ai poussé dans la piscine et l'ai empêché d'en sortir. Pendant les premières secondes, il a dû croire à une blague. Je lui ai fait boire la tasse une bonne dizaine de fois. L'effet de surprise aidant, il a rapidement perdu ses forces. Puis, je lui ai maintenu la tête dans l'eau. Il ne s'est pas débattu longtemps. S'il ne s'était pas tout de suite mis à s'énerver, les choses n'auraient pas été si faciles : ça, j'en suis pleinement consciente.

Tout s'est passé très vite. Je sais que, pendant que je le noyais, il n'y a pas eu une seule auto sur la route. J'y ai fait attention. Un coup de chance, un véritable coup de chance.

J'étais quand même essoufflée. Je me suis d'ailleurs fait la réflexion que je manquais d'exercice.

Enfin, j'ai repêché l'appareil-photo, l'ai essuyé. J'ai enlevé le film qu'il y avait à l'intérieur. J'ai ramassé ses vêtements et les ai mis ensemble, en tas, près du plongeoir. J'ai aussi ramassé les miens et les ai rapportés dans ma chambre.

J'ai laissé l'appareil-photo dans l'escalier.

C'est alors qu'il s'est mis à pleuvoir.

Le ciel a dû se couvrir en moins de dix minutes parce que, tout à l'heure, on voyait nettement la lune...

Je regarde le réveil. Il est sept heures vingt. Le temps de me retourner afin de trouver la meilleure position pour sortir du lit et il est déjà rendu neuf heures.

Je m'ébroue et je commence à inventer des répliques pour me justifier. D'habitude, aussitôt que le jour se montre, je me lève ; mais dès que je prends des somnifères, j'ai mon côté loir qui ressort — et, cette nuit, j'en ai pris quelques-uns...

Brusquement, je pense au cadavre dans la piscine et je me mets à tousser.

Les sueurs froides sont celles qui puent le plus. Surtout à jeun.

J'ai dû m'évanouir sous la douche. Je ne sais pas combien de temps ç'a duré... Quand je suis revenue à moi, le jet d'eau était froid.

Je me souviens lorsque j'étais petite d'une récréation où je soufflais des ballounes. J'en ai pris une blanche et j'ai regardé au travers. Il y avait dedans des gouttelettes de sang. La tête me tournait. La maîtresse a dû m'emmener à l'infirmerie.

Je descends l'escalier. La police est déjà là. Le père, lui, semble dans tous ses états. Michel essaie de le calmer du mieux qu'il peut. Il me demande si j'ai vu Pierre. Je réponds non. La police le recherche parce qu'on le soupçonne d'avoir empoisonné du bétail dans la municipalité voisine. Chez nous, il y a, paraît-il, deux vaches de mortes. Le vétérinaire vient à peine de repartir.

(Tu parles ! Voilà que j'ai débarrassé la campagne d'une créature malfaisante, d'une espèce de démon.)

Il pleut toujours. Grand-maman et Mireille sont là. Le beau-frère aussi, de même que les trois employés du père. Ce n'est certainement pas parce qu'ils escomptent qu'il fera assez beau aujourd'hui pour travailler dans le champ... Rentrez chez vous, les curieux !

On entend un cri. Tout le monde se regarde. Sylvie entre, toute tremblante, toute mouillée. Elle a découvert le corps. (Décidément, c'est de plus en plus gros, ce qu'elle a sur le menton : ce doit bien être un furoncle.)

Nous, les femmes, restons dans la maison avec Michel. Mon frère en profite pour dire qu'il a été réveillé par un bruit au cours de la nuit dernière mais qu'il s'est rendormi aussitôt.

Heureusement que depuis qu'il s'est fait une blonde, il se couche tard !

Pierre a dû avoir envie de se baigner et, une fois dans l'eau, il a sans doute été pris d'un malaise. Comment expliquer le fait qu'il était tout nu ?

De toute façon, il va y avoir une autopsie.

Je n'ai strictement rien à craindre.

La police a trouvé dans la Volks toutes sortes de boîtes de produits chimiques. Elle en a trouvé également non loin des cuves où les bestiaux viennent boire.

Il va falloir prévenir les parents. Mireille dit qu'elle s'en charge.

Sylvie parle. Elle raconte ce qu'elle a vu ce matin en longeant la piscine. Nous sommes trois à l'écouter. Elle ne m'accorde même pas un regard. Quelle quantité négligeable je suis à ses yeux !

Est-ce que ça me frustre d'être traitée comme ça ? Forcément !

Patience ! L'été n'est pas fini...

Jusqu'ici nous avons perdu six vaches et il y en a trois autres qui ne valent pas tellement cher. Le père se félicite d'avoir pris des grosses assurances.

À la campagne, la mort a encore quelque chose de magique. Selon moi c'est à cause du contact quotidien avec les animaux...

Je me demande ce qu'un anthropologue dirait de ça.

J'ai passé la journée couchée. Il faut que je me remette de mes émotions. Et puis, c'est connu, dans les jours qui suivent la pleine lune, les assassins se reposent.

Je suis bien contente d'avoir la diarrhée. Si, du même coup, je pouvais évacuer un peu de pitié, je suis convaincue que je ne m'en porterais pas plus mal.

J'ai pouffé trois fois en écrivant ça. J'ai cru que j'allais m'étouffer de rire.

Treize ans, l'âge idéal pour entreprendre ses mémoires : on a son enfance encore toute fraîche à l'esprit.

Mes mémoires devraient commencer ainsi : « Je n'ai pas le front si bombé qu'on le croit mais j'ai de bien grandes oreilles. C'est parce que j'ai été élevée avec les lapins, à l'ombre des laitues en fleurs... »

Société-Pure

André
CARPENTIER

Je vous nomme trois métamorphoses de l'esprit : comment l'esprit devient chameau, comment le chameau devient lion, et comment à la fin le lion devient enfant.

F. Nietzsche

Un froid sévère et sec venait de s'abattre sur Montréal et ses environs. Dans les rues du quartier Saint-Louis, les gens marchaient le nez dans l'encolure et les doigts sous les coudes. Certains portaient le paletot d'automne et les bottes d'hiver ; d'autres, mal réveillés, avaient fui la maison en veston et paraissaient hébétés, surpris par la brièveté de l'été des Indiens... et le chatouillement brut des premiers vents d'hiver. Quelques-uns, sans doute en retard, couraient tête basse en direction du métro, d'autres piétinaient des mégots à l'arrêt d'autobus ou s'abritaient sous les auvents des boutiques.

Ce matin-là, le carré Saint-Louis semblait particulièrement désert malgré les appels de ses grands arbres ; les bancs clairsemés, aussi, le long des allées gravelées, luisaient sous un nordet sans équivoque. Seules deux silhouettes disparates promenaient un peu d'ombre dans le parc.

Une vieille femme, d'abord, tirant sur sa jambe malade comme on traîne un boulet. Il ne lui restait plus que cinquante mètres à parcourir avant d'atteindre l'escalier extérieur menant à son petit trois-pièces mal éclairé et froid, et déjà la perspective d'avoir à soulever quarante-quatre fois sa peine rendait sa pauvre jambe plus lourde encore. Et tant de misère d'un seul trait pour en arriver à quoi au juste ? À aller dandiner sa masse alanguie du réfrigérateur à l'appareil de télévision et du lit au téléphone. À combattre le froid et l'ennui en s'emmitouflant sous des couvertures trouées et en buvant de l'eau chaude ! Et pourquoi ne pas arrêter, se disait-elle, déjà convaincue, prendre le thé de neuf heures et demie, comme presque tous les matins, chez Berthe Duguay et sa soeur Floria Hamel, la veuve du syndicaliste assassiné il y a trois semaines ?

79

Or, l'homme qui marchait nerveusement derrière la vieille femme au milieu du carré Saint-Louis était justement le sergent-détective Philippe Lanoix, chargé de l'enquête relative à la mort de cinq personnalités au cours des vingt-deux derniers jours. Et en tête de cette série de meurtres, on retrouvait le nom de Charles Hamel, le virulent syndicaliste trouvé mort à l'arrière de sa maison, un couteau planté dans le plexus.

Puis avaient suivi, dans l'ordre, Gérard Gaudet, le rédacteur en chef de l'hebdomadaire politique *Action-Québec*, découvert dans sa voiture, un couteau planté dans la base arrière du cou ; Félix Verreault, l'auteur-compositeur-interprète adulé par le plus vaste public et militant indépendantiste de la première heure, poignardé sur le quai de Grand-Métis, son village natal ; Germaine Petit, la députée écologiste, trouvée dans son bureau, un ouvre-lettre planté dans le bas-ventre ; et enfin Michèle Joron, la présidente du RDDP (Regroupement pour la défense des droits de la personne), poignardée dans son chalet de North Hatley !

Cinq personnalités qualifiées de gauchistes dans les différents communiqués émis par la cellule Archange-Gabriel du mouvement extrémiste Société-Pure. Cinq couteaux plantés de bas en haut ! Jamais de menaces, jamais de témoins. Toujours les mêmes communiqués, ou à peu près. Toujours le même imbroglio !

Et pour tenir tête à tant de mystère, dans le cerveau de Phil Lanoix, une intuition. Un pressentiment touchant le choix d'une prochaine victime. Un coup de pif dont on peut parfois sentir la portée avant même qu'il soit vérifié... Ce qui ne l'empêcha point de presser le pas afin d'éprouver son hypothèse au plus tôt. Il dépassa ainsi facilement la femme à la jambe traînante.

S'il n'était pas passé si vite, d'ailleurs, Phil aurait sans doute pu entendre l'écho des pensées de la vieille femme. C'était décidé : elle s'en allait chez Berthe, « Jacasse » pour les intimes, car elle savait et répétait tout ce qui survenait dans la vie du plus jeune délinquant comme de la dernière veuve légère du quartier. Berthe, de tasses en théières et de médisances en calomnies, l'amuserait pendant des heures ; et sans doute se feraient-elles venir des frites, à midi, pour accompagner une salade aux oeufs, compagne presque quotidienne de leurs quatre dernières années de régime sans pain. Et peut-être aussi, si elle se sentait assez bien, la soeur de Berthe, Floria Hamel, la veuve du syndicaliste, l'écrivaine, sortirait-elle de sa chambre pour venir jaser un peu avec elles sur le balcon...

Mais Phil, apparemment, était passé près de la vieille femme sans lui porter la moindre attention. Comment aurait-il pu savoir, d'ailleurs, que celle-là en savait plus que lui sur sa propre intuition ?

Lorsqu'il approcha de la maison, Phil remarqua un long rideau rouge qui émergeait de la grande fenêtre du premier, flottant au vent comme la signature de l'occupant de l'appartement. Phil s'engagea dans l'escalier intérieur en pensant à celui qu'il allait rencontrer. Comment d'ailleurs un policier ne serait-il pas bouleversé à l'idée d'aller chez un ancien sympathisant felquiste lui suggérer de demander la protection de la police ! En effet, les liens d'amitié unissant Alain Vincent à feu Charles Hamel, feu Gérard Gaudet et surtout feue Germaine Petit, les première, deuxième et quatrième victimes, étaient de notoriété publique. Et il paraissait raisonnable de croire, face à cette apparente épuration d'éléments gauchistes, qu'on en voudrait bientôt à la vie de l'ancien felquiste devenu journaliste et écrivain depuis.

Puis Phil Lanoix se fit cette réflexion pour laquelle il allait payer de façon presque instantanée, prouvant ainsi, par l'ombre même du doute, qu'il régnait un dieu de justice, même pour la G.R.C.! Car Phil s'attachait déjà presque essentiellement à l'idée de capturer l'hypothétique assaillant du felquiste plutôt qu'à lui sauver la vie. Aussi eût-il pu ajouter à cette réflexion, s'il en avait eu le temps, en imaginant sa photo dans le journal du matin, menotté à l'assassin, comme un héros un peu désenchanté. Mais il n'eut pas le loisir de fabriquer cette image car une masse bougeante d'étoiles vint lui obstruer la vue, le tout précédé d'une série de pas provenant de l'escalier. À peine avait-il eu le temps de relever un peu la tête qu'un crâne d'enfant pressé l'avait heurté au milieu du visage. Phil sentit ses forces décroître brusquement et ses jambes flageoler. Il se souvint aussi d'un coup de poing sur le nez qui lui avait déjà fait le même effet...

Lorsqu'il eut repris ses sens, Phil se trouva assis dans l'escalier, la main gauche écrasée contre la joue, l'autre flottant entre les cuisses. L'enfant avait disparu. La douleur fit à peu près de même, quoique plus lentement ; puis il s'engagea de nouveau dans l'escalier, le nez enflé, la tête haute.

Or, sur le petit palier, Phil faillit une seconde fois avaler sa langue, car la porte de l'appartement du felquiste Vincent, entrouverte, donnait sur une scène inattendue.

Soudain, la porte derrière lui s'ouvrit. Phil referma machinalement la porte de l'appartement de Vincent. Une femme rondelette et hargneuse le fixa, étonnée :

— Z'avez pas vu un p'tit gars qui...

— NON !

— Prenez pas ça d'même...

Puis Phil pénétra rapidement dans l'appartement du felquiste. De l'entrée, il pouvait voir dans les trois pièces, une cuisinette exiguë, comme une chaise de plage repliée, une chambre composée essentiellement d'un lit défait et d'un chiffonnier verni, et un vivoir au centre duquel pendait un abat-jour de papier de riz dont la lumière colorée disputait l'espace à un peu de clarté venant de la fenêtre grande ouverte. Les rideaux de velours flottaient toujours à l'extérieur. Il y régnait aussi un singulier froid de lune.

Sur la cheminée condamnée, garnie d'un miroir à cadre surmonté d'un chapiteau d'inspiration Louis XV, posaient une dizaine de chevaux miniatures en pin sculpté. D'un côté, un fauteuil de drap bis dormait sous une lampe de lecture tandis que, de l'autre, une huche à pain remplie de disques s'allongeait sous une chaîne stéréo de qualité douteuse. Les murs nord et est se dissimulaient sous des rayons de livres desquels n'émergeaient que la fenêtre et la porte d'entrée. Dans un coin, une table tenait en sa surface une multitude de papiers empilés et griffonnés au feutre noir. La marqueterie paraissait luisante sous le vernis tandis qu'un tapis tressé indiquait le centre de la pièce. Sur ce tapis, se déployait le corps d'Alain Vincent en forme de faucille — ou de point d'interrogation —, la main pointant vers le parc... et vers l'assassin que Phil aurait aperçu s'il s'était penché sur le corps en faisant face à la fenêtre !

Soudain, au moment où Phil examinait de plus près l'arme du crime, un poignard malais, un criss dont la lame enfouie dans le cou du felquiste appelait une flaque de sang sur le tapis, un cri effrayant, qui fit Phil se relever brusquement, retentit au-dessus du carré Saint-Louis comme un coup de canon. Puis le tout se transforma en salve apparemment sans fin.

Phil, sans doute rompu aux formes du tragique, se lança rapidement dans l'escalier pour aller sur le trottoir repérer l'origine du drame. Or, sur un balcon voisin, une vieille femme criait à se rompre les cordes vocales, le visage convulsé, le corps partagé entre la fureur et l'abandon. Philippe Lanoix suivit aussitôt le sens unique de ce qu'il nommait son « devoir ».

En fait, il n'eut pas vraiment à monter chez elle pour découvrir l'origine de tant d'émotion, car le corps de la sixième ou septième victime, dépendant de l'ordre, tenait en équilibre instable dans les premières marches de l'escalier intérieur menant du deuxième au troisième étage. Phil reconnut instantanément la nouvelle victime de Société-Pure. Il s'agissait de Floria Hamel, écrivaine, née Duguay et habitant chez sa soeur Berthe depuis l'assassinat de son mari, le syndicaliste Charles Hamel.

En haut de l'escalier, Phil reconnut aussi la vieille boiteuse qu'il venait de dépasser, quelque trois minutes plus tôt, dans le carré. Il ne lui avait porté que peu d'attention, bien sûr, mais il y a parfois quelque chose, dans la mécanique de certains enquêteurs, pensa-t-il fièrement, qui note jusqu'à l'imperceptible... et à la banalité.

— Il n'en reste plus que quatre...

Phil, sans doute égaré par les cris de l'autre vieille hurlant toujours sur le balcon, ne releva pas les propos de la boiteuse. Un raté de moteur, quoi !

— Faites-la taire ! Où est le téléphone ?

Phil téléphona à son bureau, demanda trois ambulances, que le secteur soit passé au peigne fin par la police de la C.U.M. et à parler au patron.

Le patron de Philippe Lanoix se profilait en homme dur mais serein, compétent. Un meneur d'hommes remarquable doublé d'un enquêteur inspiré. Phil l'eût même admiré s'il n'avait pas souvent décelé en lui des marques d'intolérance. Or Georges Vachon, occupé sur une autre ligne, et peut-être même deux ou trois à la fois, mit deux bonnes minutes à répondre à l'appel. Phil attendait comme quelqu'un qui ne sait pas le faire, impatient, tapant du pied, harcelé par les cris.

83

— Il n'en reste plus que quatre, je vous dis...

Cette fois, Phil sursauta.

— Quatre quoi ?

— Il n'en reste plus que quatre sur la photo.

Phil eût préféré un peu plus de clarté. Il en demanda.

— Regardez cette photo...

Phil saisit le cadre que la femme avait décroché du mur du petit salon bourgeois, coinçant le récepteur entre l'oreille et l'épaule. En fait, il n'en restait plus que trois !

— Quatre, protesta la femme.

— Trois. Celui-là aussi est mort.

C'était une photo de presse prise lors de la grande manifestation du premier septembre contre l'inflation, le chômage, les taux d'intérêt et la pénurie de logements. Sur la ligne de front, dix personnalités, six hommes et quatre femmes, marchaient en formant une chaîne humaine. En détaillant les personnages de la photo de gauche vers la droite, Phil avait rapidement recomposé la liste des victimes de cette effarante série de sept assassinats... dans l'ordre ! La vieille dame l'avait donc bel et bien devancé dans sa propre intuition...

— Tenez l'appareil. Si on répond, vous me le dites.

Phil se dirigea du côté de l'hystérique, la sœur de la nouvelle morte, qui geignait maintenant dans l'embrasure de la porte du balcon, accrochée au chambranle. Phil l'étendit de force sur le divan du salon.

— Ne faites pas l'enfant.

— L'enfant !

La femme parut soudainement prise d'une frayeur différente. Elle répéta à plusieurs reprises :

— L'enfant !... L'enfant !...

— De quel enfant parle-t-elle ?

— Il y a quelqu'un qui crie au bout du fil...

Phil saisit la pauvre hystérique par les épaules et planta dans son regard un cri d'autorité qui la fit instantanément couper court aux gémissements et aux sanglots.

— Quel enfant, marmotta-t-il entre ses dents, soudainement conscient de ce que son nez avait été déboîté ?

Mais la femme vit disparaître ses forces ainsi que le monde à sa portée et plongea tête première dans un labyrinthe de flashes angoissants, tandis qu'au loin perçaient les premiers aboiements de sirènes...

Phil s'en alla arracher le récepteur des mains de l'autre vieille et cria dans l'appareil :

— Vachon !

Mais à l'autre bout on crachait plus fort et plus juste que lui. Il se calma un peu.

— Oui... J'ai quelque chose d'intéressant. Y a deux autres victimes... T'es au courant, tu sais, tous ces couteaux plantés de bas en haut, eh bien... je pense qu'il y a un enfant là-dedans... ou un adolescent. Oui, je suis sérieux. Non-non, pas un nain... Fais cerner le quartier... Oui, je l'ai peut-être entrevu ! Oh, et place immédiatement sous surveillance le sociologue Leroux, l'avocate Meilleur et Wertheimer, le candidat du Bloc Civique. Ce sont les trois prochaines victimes... Non, je suis certain de ne pas me tromper... O.K., je te rejoins dans le parc, disons dans vingt minutes...

Tandis qu'une armée de spécialistes s'affairait dans les appartements d'Alain Vincent et de Berthe Duguay, Phil promenait sa carcasse voûtée, dans l'attente du capitaine Vachon, le long du carré Saint-Louis. Il tentait de rassembler un coin d'image de son grand puzzle.

Un mouvement clandestin d'extrême droite, Société-Pure, avait donc entrepris d'assassiner dix personnalités apparaissant sur une photo publiée à la une d'un quotidien du matin au lendemain d'une manifestation d'intellectuels, d'étudiants et de syndiqués le premier septembre dernier. La cellule Archange-Gabriel frappait comme on lit, de gauche à droite. Et un enfant paraissait agir comme exécuteur !

Puis il pensa au doute, non pas comme à une incertitude existentielle, Phil faisait partie de ces gens qui ont une trop « belle personnalité » pour cela, mais comme à une intuition, une hypothèse qui touche parfois l'esprit de quelque favori des dieux. Or c'est tout juste au moment où Philippe Lanoix bombait le torse en fixant le lointain d'un oeil charmeur qu'une main lourde vint se déposer sur son épaule.

— Sargent Lanoix...

L'homme, flanqué de deux gorilles à chapeau, prenait la voix basse de ceux qui savent commander sans effort. Il tenait de cette race étrange dont on fait ou bien les offenseurs ou bien les défenseurs de la loi, selon les jeux du hasard.

— ...c'est l'capitaine Vachon qui nous envouèye.

Puis il pointa une voiture du bout du nez, qu'il avait d'ailleurs en forme de flèche.

— V'nez avec nous.

Voilà. C'est ainsi que les choses se passèrent, dans cette merveilleuse simplicité qui caractérise les grands événements. Un enlèvement tout à fait réussi, sans pétarade ni poursuite de voitures ! Rien à voir avec le cinéma ou la mauvaise littérature du genre...

Phil s'installa sur la banquette arrière entre les deux porteurs de chapeau aux longs bras, ni inquiet ni soupçonneux. Comme quoi on n'est pas toujours le favori des dieux !

— Avec tout ça, j'ai pas déjeuné, moi. Y a pas moyen d'arrêter acheter des beignes en passant, hein ?

Les trois hommes ne bronchèrent pas, occupés à se moquer intérieurement de la G.R.C.!

— Y en a pas un de vous deux qui aurait pu s'asseoir en avant ? J'trouve qu'on est pas mal tassés...

— On attend quelqu'un.

Phil voulut demander si on attendait Vachon, mais au même instant il aperçut, dans une allée du parc, un enfant blond d'une douzaine d'années, les bras ballants, le regard planté dans les grands arbres.

— Hey ! C'est lui ! J'suis certain qu'c'est lui, là, l'enfant au chandail rouge. C'est lui qui m'a frappé dans l'escalier de Vincent...

Les trois hommes tournèrent la tête du côté de l'enfant sans trop réagir ; celui à la voix autoritaire, assis au volant, se pencha sur la banquette pour ouvrir la portière du passager.

— C'est lui, les gars ! Il faut l'attraper... C'est lui...

— On le sait.

Phil n'ajouta plus un mot, tenu au silence par deux .38 plantés sous les aisselles. Maintenant il manifestait de l'inquiétude, une certaine terreur même. Et une honte certaine !

L'enfant contourna la voiture et vint mécaniquement s'asseoir près du chauffeur. Puis l'auto se lança modestement dans l'embrouillamini de la ville...

Durant les premières minutes du trajet, la voiture roula tantôt en direction est, tantôt en direction nord, se dirigeant ostensiblement vers Saint-Léonard ou Montréal-Nord. Chacun veillait sur son propre silence. Les vitres teintées assombrissaient la vie des hommes. De gros haut-parleurs tapis derrière les passagers s'émurent des deux premiers mouvements de *La Jeune Fille et la mort*, après quoi l'enfant tourna la cassette. Le reste du parcours fut parsemé de lieder de Mahler et de Schubert. Les deux primates imploraient le ciel du bout des yeux.

Soudain, l'auto s'engagea dans un terrain vacant du boulevard Pie-IX, puis dans un petit entrepôt au milieu duquel attendait un vieux camion. On fit monter Phil dans la benne fermée dont le plancher, strié de deux-par-quatre, tenait en son centre une cantine de métal attendant Phil la gueule ouverte. On le ficela, le bâillonna et lui banda les yeux, puis on l'enferma dans la caisse au fond de laquelle on avait pris soin de répandre une grosse de billes de fer. De sorte qu'à chaque accélération brutale, à chaque coup de frein ou virage brusque, la caisse exécutait une série de mouvements imprévisibles dans un agaçant bruit de ferraille. Ainsi la boussole intérieure de Phil fut-elle totalement désorientée.

Le camion roula une bonne demi-heure sans que Phil se rende compte s'ils tournaient en rond, s'ils s'éloignaient ou se rapprochaient du centre-ville. Aussi, lorsque le camion s'immobilisa, Phil avait-il les viscères tout entassés au centre du corps, en forme de mal de coeur.

Les sons se répercutaient facilement car le camion hoquetait manifestement dans un garage souterrain. Quelqu'un prit Phil par le bras et l'entraîna dans un jeu interminable d'escaliers et de corridors. Cela dura une bonne dizaine de minutes sans qu'il sache vraiment s'il se rapprochait du ciel ou de l'enfer. Puis on lui retira liens et bandeaux.

Sa première surprise, au contact de la lumière, fut de découvrir un lieu de calme et de quiétude ; sa seconde, de constater qu'on l'avait laissé seul, dans cette petite pièce bourgeoise sans fenêtre, avec une vieille femme gracile à la démarche disloquée.

— Mon cher Philippe ! Vous permettez que je vous appelle Philippe ? C'est un prénom tellement romantique ! Et nous sommes si contents de vous savoir avec nous...

Phil s'inquiéta tout de suite de ce « nous » qui semblait le lier à ses kidnappeurs. Mais la vieille dame continua de parler avec des intonations satinées et gracieuses comme si de rien n'était.

— Donnez-moi votre bras, Philippe. À mon âge, on n'a pas toujours assez de ses deux jambes... (Seriez-vous parent avec ce vieil haïssable d'Hector Lanoix, de Saint-Ignace-de-Loyola ?)

Et Phil accompagna la vieille femme fragile dont seul le parfum lui parut empreint de violence. Il se demandait si c'était la peur, la logique ou la curiosité qui le poussait à la suivre ainsi, calmement et presque bêtement, à travers de nouveaux corridors et de nouvelles pièces sans fenêtres. Puis ils s'arrêtèrent devant une petite porte accueillante. La vieille dame se tourna doucement et s'adressa à Phil d'un air faussement sévère.

— Il faut me promettre, Philippe, de ne pas élever la voix avec mon mari. Sa pression est très haute ces temps-ci. Nous avons tant à faire, ce n'est pas le temps d'être malade.

Phil entra seul dans un salon de bon goût dont l'immense fenêtre plongeait sur un fleuve sombre mais tranquille. Un vieil homme dégarni reposait sur une causeuse émeraude tandis que l'enfant blond suivait de la main le mouvement du disque sur le plateau. Ils écoutaient *Le Réveil des oiseaux*.

— Aimez-vous Messiaen, monsieur Lanoix ?

Phil ne sentit pas la pointe d'humour. Son regard demeurait fixé sur cet enfant curieux dont le rôle lui apparaissait maintenant évident. En vérité, il le craignait un peu. Non pas qu'il eût l'habitude d'être intimidé par un enfant armé d'un couteau, mais celui-là révélait quelque chose de lui-même de monstrueux et fascinant à la fois.

— Ne craignez rien, sergent. Il est avec nous.

Phil vint s'asseoir face au vieil homme, la gorge serrée, l'oeil excité, de plus en plus inconfortable dans ce second « nous » !

— Veuillez excuser, mon cher Lanoix, la robustesse et l'inélégance de cette invitation, mais votre perspicacité commençait de nous embarrasser. Vous comprendrez également qu'il nous fallait agir de façon aussi cavalière dans le cas d'un... ami qui, même si on nous assure que vous le ferez, n'a pas encore épousé notre cause.

Phil, qui avait toujours considéré le style comme un faux-fuyant, surtout lorsque l'interlocuteur s'y empêtrait, écoutait à peine, l'esprit rivé sur l'enfant égaré.

— Cet enfant est-il hypnotisé ? Ou drogué ?

— Que non !... Ne croyez pas cela, monsieur Lanoix.

Le vieil homme s'anima un peu, puis de plus en plus au fur et à mesure des paroles.

— Cet enfant est tout ce qu'il y a de plus sain d'esprit. C'est même, à sa manière, une sorte de phénix parmi les pauvres âmes que nous sommes. Ce n'est pas nous qui avons recruté cet enfant, mais bien lui qui nous a indiqué la voie par son esprit de justice éclairée et la pureté de son énergie...

Puis il s'enflamma tout à fait, se dressant devant l'horizon avec des grands gestes emportés.

— Souvenez-vous de l'affaire Ducasse, le curé véreux. C'est lui qui l'exécuta au nom du respect humain, nous donnant l'exemple à suivre. Il est notre conscience et notre loyauté. Il pose et applique la question. Il est la sentence et l'ange exécutoire. Il est l'âme de Société-Pure. Sa lame s'insinue toujours jusque dans la racine du mal et...

— ...et il assassine.

Le vieil homme se rassit et fixa son poing parsemé de taches brunes.

— Non, monsieur Lanoix : il fait justice au nom de Société-Pure... et au nom de l'avenir.

— Et vous ?

— Oh, moi, je ne suis qu'une sorte de tuteur spirituel. J'apprends du courage même du jeune ange, tandis qu'il puise un peu de mon expérience. Société-Pure a plus besoin de son exemple que lui de notre savoir.

Puis le vieil homme s'enflamma une seconde fois.

— C'est un saint dont l'auréole de feu éclaire les temps futurs. Ceux de la paix et de l'harmonie. De la grâce sociale et du grand pardon.

Phil se mordait la lèvre supérieure. Il voulut se lever de son siège, mais aussitôt un étau impressionnant lui saisit l'épaule par derrière !

— Salut, Phil.

Philippe Lanoix sut alors qu'il était demeuré calme par curiosité. Le vieil homme, lui, riait du coin de la bouche tandis que l'enfant écoutait les premières notes du *Double Concerto* de Brahms. La vieille dame entra sur la pointe des pieds.

Phil paraissait effondré. La femme lui servit une liqueur de framboise et s'assit près de lui.

— Voilà une recrue bien émotive ! lança-t-elle.

Ce qui fit bien rigoler le capitaine Vachon, calé dans un fauteuil de lecture.

Le cerveau de Philippe fonctionnait à une vitesse étonnamment rapide, reliant d'innombrables faits, associant des données nouvelles à ce qu'il savait déjà, faisant se recouper des paroles et des attitudes de Georges. Le tout lui permettant enfin de composer un puzzle jusque-là incomplet. C'était donc ça, Société-Pure. Un capitaine de la G.R.C. dans le rôle du Père, un enfant déséquilibré dans celui du Fils et un couple suranné dans celui du Saint-Esprit. Et trois anges primitifs pour encadrer le portrait de famille ! Il ne lui manquait plus qu'une invitation à monter au ciel...

— Alors, Phil, es-tu avec nous ?

— Je ne suis pas un assassin.

Les deux vieux sursautèrent. Vachon moins, qui connaissait bien Phil. Il l'aborda par la logique.

— Voyons, Phil ! Tu ne comprends pas notre démarche ? Tu n'es quand même pas du côté de l'anarchie. Du communisme. Du séparatisme. Pas toi, Phil ! Tu crois à la liberté. La démocratie éclairée. L'avenir des institutions...

Sentant qu'il s'embourbait dans le vocabulaire, Georges Vachon adopta un air professoral qui ne lui allait pas.

— L'avenir, Phil, doit se préparer dans l'ordre et dans la discipline... ou il n'y aura pas d'avenir.

Vachon étala aux yeux de Phil la fameuse photo des dix prise lors de la manifestation du premier septembre. Puis il pointa les personnages un à un, glissant son doigt sur la photo de gauche à droite.

— Ce n'est pas en survoltant les ouvriers, en semant de l'information biaisée, en mêlant l'art à la politique, en empêchant des industries de s'installer à un endroit parce qu'il y a des oiseaux, en organisant des manifestations en faveur des *gais*, en mettant toutes sortes de niaiseries dans la tête des femmes, en glorifiant des poseurs de bombes, en faisant croire aux Québécois qu'il y a une révolution marxiste au bout de leur route, en défendant des terroristes et en s'associant à tous ceux qui s'opposent au pouvoir en place qu'on va bâtir une nation forte, une race équilibrée. Une jeunesse saine. Phil ! Penses-y...

Phil se leva. Vachon paraissait désespéré. Le vieil homme voulut briser un court silence embarrassant.

— Monsieur Lanoix. Avez-vous lu la Bible ?

— Vous lui faites dire ce que vous voulez, à la Bible...

Vachon dut en venir à l'argument-choc. À la menace.

— 'Coute-moi bien, Philippe Lanoix. Je ne sais pas si tu comprends bien la situation dans laquelle tu es plongé ? Je te repose la question autrement. Es-tu avec nous... ou es-tu un homme mort ?

— Inutile, Georges. Votre ami ne sera jamais des nôtres. Il ne comprend pas la dimension de cette croisade.

— Je suis certain, au contraire, que Phil nous comprend très bien. Il a juste besoin d'un peu de temps...

Mais le vieil homme, d'un simple regard, avait déjà lancé un appel à l'enfant. Vachon ne s'en rendit pas compte qui voulut passer derrière Phil. Or, celui-là, dans un réflexe désespéré, voyant apparaître du coin de l'oeil l'enfant au poignard, se cabra et évita le coup de justesse. Vachon se trouva soudainement uni à l'enfant par un couteau planté dans son thorax... de bas en haut !

Pourquoi Phil démolit-il les deux vieux d'un coup de poing au corps ? Il ne saura jamais le dire du fond de sa détresse.

En ce qui concerne l'enfant, Phil n'a plus en mémoire qu'une lame sanglante lui cherchant le corps. Et des coups, aussi, assenés jusqu'à ce que la matière inerte et blonde se transforme en déluge écarlate sur ses poings.

Phil venait de vomir sur le tapis persan. Sa tête pesait lourd entre ses mains. Il se remit en position verticale, comme pour abandonner la bête au fond de lui-même. Alors il fit la tournée de ses morts, en fait une trinité à quatre points collatéraux !

Soudain il pensa aux hommes de main qui l'avaient enlevé, insulté. Il alla donc prestement retirer le couteau du corps de Vachon, puis lui prit son revolver et se dirigea vers la porte.

Or, tout juste à ce moment, Phil entendit des bruits de pas se rapprochant de la pièce. Il se lança silencieusement derrière la porte, le poignard dégoulinant tout près du visage. Et lorsque le premier homme entra, s'immobilisant devant le champ de bataille, Phil lui enfonça le sang de Vachon jusque dans le foie.

Il ne cessa pas, cependant, de s'agripper à l'arme et se retourna juste à temps pour recevoir de plein fouet le second gorille. Celui-là goûta au sang de ses semblables en écarquillant les yeux de honte.

— Et la priorité à gauche, mon vieux, qu'est-ce que t'en fais ?

Puis de nouveaux pas résonnèrent dans le couloir et le dernier homme de main, celui à la voix autoritaire et au nez en flèche, mourut à peu de chose près comme les deux précédents, en goûtant à leur sang.

Phil ne contrôlait plus ni son rire ni sa raison profonde. Il referma la porte et s'y adossa, le regard perdu entre le fleuve et le soleil de midi.

— Sept partout.

Pour la troisième fois de la journée, Philippe Lanoix devait reprendre ses sens. Il allait quêter loin au fond de lui-même son énergie vitale. Il était à bout de souffle. Aussi prit-il place sur une chaise droite posée devant une table de travail.

Or, sur cette table, Phil découvrit une masse de petits papiers affolés, en vérité des lettres de tous caractères découpées dans des revues et des journaux. Puis, sur une feuille bleue, les premières lignes d'un communiqué rédigé à l'aide de ces lettres.

> *Société-Pure poursuit sa croisade de justice*
> *La cellule Archange-Gabriel revendique l'exécution du pro-*
> *felquiste Alain Vincent et de la féministe Floria Hamel*

Phil ajoutait encore des pièces à son puzzle. Instinctivement, il se mit à colliger les lettres restantes. Peu à peu, un message prit naissance, au-delà même de sa conscience.

Priorité-à-Gauche entreprend sa mission
La cellule Floria-Hamel revendique l'extermination de la cellule Archange-Gabriel, le bras armé de Société-Pure, et prévient tous les membres de ce mouvement criminel que Priorité-à-Gauche n'aura de cesse tant que la paix sociale ne sera pas revenue

Phil déchira le premier communiqué en sept morceaux inégaux et en déposa un sur le corps de chacune des victimes. Puis il quitta nonchalamment la bâtisse, un foyer de personnes âgées, tout à fait inconscient de la folie sociale qu'il venait d'engendrer...

Premier Amour

Chrystine BROUILLET

Quand soeur Jeanne révisa ses notes de géographie, ce dimanche-là, elle ne se doutait pas du tout qu'elle n'aurait pas à donner de cours.

Quand soeur Jeanne accueillit les pensionnaires de secondaire III, cette année-là, elle ne se doutait absolument pas qu'il y avait parmi les quarante-quatre jeunes filles une adolescente particulièrement passionnée.

Elle ne se doutait de rien.

La rentrée scolaire s'était effectuée dans le même désordre éprouvant que les années précédentes.

Septembre... Mon Dieu, qu'il eût été bon d'en jouir ! De profiter des derniers vrais rayons de soleil, des lumières dorées sur les champs, des parfums encore sucrés d'une fin d'été. Mon Dieu oui ! Soeur Jeanne soupirait, murmurait des Mon Dieu fréquemment : c'était à la fois une prière réfléchie et une habitude. En ce matin du 6 septembre 197., agenouillée face à l'autel dans l'allée de la chapelle, elle expliquait à son Créateur qu'elle acceptait bien sa mission de surveillante, qu'elle avait même hâte de connaître « ses » pensionnaires mais qu'elle (elle était sûre qu'Il comprendrait) aurait aimé se promener encore dans le jardin en priant simplement, sans avoir à imaginer quarante-quatre problèmes. Soeur Jeanne vénérait la Nature qui était l'expression la plus parfaite de la puissance, de la bonté divine.

Elle quitta la chapelle un peu avant sept heures et descendit rejoindre ses compagnes au réfectoire. Elle était la plus jeune religieuse, n'étant âgée que de trente-trois ans. Ses compagnes étaient aussi tendues qu'elle. Le couvent lui-même était tendu. Dans moins de cinq heures, les murs retentiraient d'éclats de rires et de sanglots, de cris, de chuchotements, de derniers adieux, d'ultimes recommandations. Les anciennes, séparées durant les grandes vacances, se retrouvaient avec des exclamations de joie persistantes. On préférait songer au plaisir de revoir ses amies plutôt qu'à la tristesse, à la contrariété de quitter la famille. Ces pensionnaires savaient qu'elles avaient droit, cette journée de la rentrée, d'utiliser l'ascenseur, à cause de leurs malles. Le lendemain, elles s'en verraient interdire l'accès jusqu'à la fin de l'année scolaire.

Les anciennes qui se souvenaient de leurs appréhensions passées liaient connaissance avec les nouvelles, en tentant de les rassurer, leur racontant les bons coups qu'elles avaient faits, caricaturant les surveillantes et les directrices, riant de tout et de rien. Mais riant. Il fallait que leurs rires soient convaincants.

Par exception, on se coucherait à 9 heures ce soir, avait déclaré soeur Jeanne. Il y aurait une petite fête d'accueil pour faire connaissance au local 142 à 8 heures ; on revêtait son pyjama et sa robe de chambre avant de s'y rendre. Ce fut assez bien réussi compte tenu des circonstances : deux étudiantes n'avaient pas voulu quitter leur chambre, pleurant toutes les larmes de leur corps en étreignant un ours en peluche ou une poupée. C'est une ancienne, Louise Brisson, qui avait réussi à les persuader de venir se joindre au groupe. Trois autres anciennes avaient fait bande à part durant l'accueil, malgré les exhortations de soeur Jeanne qui reconnaissait là de fortes têtes. Cependant, on pouvait considérer cette première soirée comme un succès puisque les pensionnaires s'étaient montrées assez dociles au moment du coucher. Il y avait eu, bien sûr, la moitié du groupe qui s'était relevée aussitôt couchée pour aller aux cabinets de toilette. Mais tout ça était très normal. Elles s'endormiraient toutes après une dernière pensée pour leurs parents.

Toutes, sauf Edwidge. Elle ne pensait pas particulièrement à ses parents. Elle pensait à son avenir. Elle se demandait si elle connaîtrait le bonheur, si elle aurait des amies, si elle aimerait ses professeurs. Ce soir, elle avait fait un effort démesuré pour participer aux activités, pour se mêler au groupe. Elle n'avait jamais vraiment eu d'amies, enfin, d'amies humaines. Ses parents avaient choisi pour elle le pensionnat car ils trouvaient leur fille étrange ; elle parlait seule, elle s'amusait seule et lisait beaucoup trop. Ils espéraient qu'un contact effervescent la sortirait de ses torpeurs rêveuses.

Est-ce qu'Edwidge rêvait trop ? Et était-ce mal de rêver au Prince Charmant ?

Edwidge avait terriblement envie d'aimer.

Elle connut l'amitié avant l'amour. Louise Brisson était sa voisine de chambre. Dès le lendemain, celle-ci frappait à sa porte avec conviction et l'invitait à déjeuner avec elle. Edwidge accepta.

Louise l'attendit pendant presque un quart d'heure : Edwidge se brossa les dents pendant tout ce temps. Louise se dit que c'était un peu bizarre.

Le déjeuner était le meilleur repas de la journée ; c'est vraiment difficile de rater des rôties ou de ne pas réussir à faire chauffer des petits pains. De plus il y avait des céréales et des oeufs. Du café, du thé, du jus. On avait droit à un verre de lait par repas. Après une semaine de pensionnat, les élèves savaient toutes qui buvait du lait et qui n'en buvait pas. On réservait donc les verres de lait de celles qui s'abstenaient en échange d'une meilleure place dans la file d'attente qui longeait les murs du réfectoire.

Louise conseilla à Edwidge de prendre un petit pain chaud plutôt que des rôties. « Parfois, elles ne sont pas assez beurrées. Prends du fromage, il est bon. En tout cas l'année passée, il l'était ! On va s'installer à la table près de la fenêtre. Essaie toujours de t'asseoir près de la fenêtre. Il y a des plantes : pour le déjeuner ce n'est pas utile mais quand on aura du pain à la viande pour dîner, tu vas être contente que ce soit le pot de fleurs qui le bouffe à ta place. » Louise disait tout cela en riant. Elle riait souvent. Elle avait un visage fait pour rire : lunaire, avec des joues rebondies, des yeux bleu clair, des cheveux blonds et raides. À son grand désespoir. D'ailleurs si elle avait noué connaissance avec Edwidge, c'était parce qu'elle avait été fort impressionnée par la chevelure étonnante de sa compagne. Edwidge était brune ; sa crinière coulait sur ses épaules en torsades lourdes et indisciplinées. Elle avait les yeux gris. Gris ardoise. Gris pluie. Gris comme un ciel avant l'orage. L'orage couvait inlassablement en elle. Mais Edwidge l'ignorait. Elle savait qu'elle n'avait pas la même vie que les filles de son âge, ou plutôt, elle le sentait car elle n'aurait pu dire en quoi elle était différente. Bien sûr, il y avait ce rapport particulier avec les objets... Louise ne se doutait de rien mais la trouvait étrange. Étrange cette manière de répondre à retardement comme si elle ne comprenait jamais les questions. Étrange ce regard perdu. Étonnante cette imperméabilité au règlement : Edwidge semblait approuver les nombreuses interdictions, semblait heureuse d'être pensionnaire. Ça, c'était énormément surprenant, mystérieux. Vraiment !

Louise avait d'abord pensé qu'Edwidge changerait d'attitude après quelques semaines de séjour au pensionnat, qu'elle critiquerait elle aussi les autorités. Mais non. Elle semblait s'y plaire chaque jour davantage. Toutes les pensionnaires avaient remarqué ce travers. Plusieurs lui avaient battu froid, pensant avoir affaire à l'étudiante-parfaite-chouchou-chiante mais elles avaient reconsidéré leurs positions : Edwidge ne respectait pas plus qu'elles le règlement. Seulement, lorsqu'elle était punie (privée de télévision) elle ne réagissait pas. Comme si ça lui était totalement égal.

Edwidge aimait le pensionnat.

Soeur Jeanne avait aussi noté cette particularité. Et ça l'inquiétait un peu. Rien de pire que les eaux dormantes.

Les compagnes d'Edwidge imaginèrent la vie de l'adolescente : si elle aimait à ce point le couvent, c'est que ses parents étaient des bourreaux. Son père était médecin. Un boucher, semblait-il. Sa mère devait être une demi-mondaine qui n'aimait pas sa fille. Qui la rejetait. Ces élucubrations ne furent jamais démenties ni approuvées ; Edwidge n'en eut jamais connaissance. Elle ne parlait jamais de sa famille, ni de son passé. Elle écoutait. C'est pour cette seule raison qu'elle avait des amies. Si on la craignait un peu, on était certaine par contre de toujours trouver une oreille attentive à la chambre 97. Edwidge pouvait écouter trente-deux fois Lise et Hélène raconter qu'un cousin ou un voisin se mourait d'amour pour elle.

Edwidge aimait les histoires d'amour. Même un peu simples.

Au mois d'octobre, elle s'aperçut qu'elle aimait. Et c'était compliqué. Désespéré. Enfin, presque. Contrairement à ses compagnes, elle ne pouvait se confier à personne. Elle ne devait pas se confier. Elle ne le voulait pas. Cela aurait sali son amour, détruit même. Elle vivait un amour pur et le protégerait envers et contre toutes. Elle n'avait absolument pas l'intention de vivre cet amour comme vivaient les leurs ses compagnes. Les histoires d'embrassages et de taponnages l'écoeuraient. Edwidge ne jugeait pas ses compagnes... si ça leur plaisait de se faire prendre les mains par des adolescents boutonneux, c'était leur affaire. Mais elle, jamais !

Elle se désolait d'avoir les meilleurs résultats en mathématiques. Elle ne pouvait pas impressionner son professeur en faisant mieux. Que ferait-elle pour attirer son attention ? Edwidge réfléchit toute une nuit ; maintenant qu'il était clair qu'elle aimait monsieur

Levallois, elle devait le séduire. Il devait l'aimer. Ils s'aimeraient jusqu'à la fin des temps. Elle consentait évidemment à vivre cet amour dans la clandestinité. Il continuerait à enseigner les maths au couvent et elle y poursuivrait ses études. Ils se rencontreraient dans le jardin ou dans le champ qui bordait la propriété des religieuses. Il l'épouserait quand elle terminerait son cours.

Après avoir examiné divers stratagèmes, Edwidge se résolut à adopter le plus simple : elle saboterait ses notes. Elle était la première de sa classe, elle serait la dernière ! Il s'inquiéterait, lui poserait des questions et elle lui avouerait son amour. Son Amour.

C'était l'époque où les jeunes filles idolâtraient Cat Stevens. Quand Edwidge avait entendu *Sad Lisa*, *Wild World*, *Father and Son* pour la première fois, elle avait bien compris qu'elle aimerait ces mélodies quand elle serait beaucoup plus vieille, dans cinq ou six ans, quand ces airs lui remémoreraient les moments où elle pensait à monsieur Levallois. Elle le lui dirait. Elle lui dirait tout. Tout. Elle espérait qu'il comprendrait les phénomènes étranges et inexplicables qui survenaient parfois dans sa vie. Car elle devrait bien lui raconter que les objets l'aimaient. Elle savait qu'ils avaient des sentiments pour elle. Bien sûr, elle aussi avait de l'amitié pour les objets, elle prenait toujours soin de placer soigneusement ses vêtements afin qu'ils n'aient pas de courbatures le lendemain, elle fermait bien ses tiroirs afin qu'ils ne soient pas dans un courant d'air, elle ne laissait jamais un objet seul au cas où il se serait ennuyé. Les objets lui rendaient bien ces attentions.

Et puis, il y avait ces signes étranges sur les murs de sa chambre. Des signes qu'on ne pouvait pas voir en plein jour. Qu'elle seule voyait. Elle aurait bien aimé savoir ce que signifiaient les poignards enserrés de roses qu'elle apercevait de temps à autre dans sa chambre. Il y avait aussi des chats couchés sur le dos. Pourtant, Edwidge savait très bien que les chats se couchent rarement sur le dos. Parfois, elle se disait que c'était son imagination qui produisait ces images. Imagination à répétition : elle voyait toujours les mêmes signes. Toutes les fois qu'elle revenait dans sa chambre, la nuit, elle constatait la présence de ceux-ci.

Car Edwidge sortait la nuit. Elle quittait sa chambre pour se promener là où Il s'était promené. Elle embrassait les murs qu'Il avait longés. Elle s'arrêtait là où Il s'était arrêté. En face du bureau de la directrice, en face de cet escalier, en face de sa classe, Edwidge était persuadée qu'Il avait fait exprès ce jour-là de s'arrêter devant sa classe. Il voulait la voir. Il n'en était pas encore conscient mais Il l'aimait déjà. On ne peut échapper à son destin. Si elle était venue étudier dans ce couvent, c'est qu'il y avait une raison : elle devait y connaître l'Amour. Tout cela était très simple.

Il lui fallut rater trois examens pour que monsieur Levallois réalise que cette jeune étudiante prometteuse, qui l'intriguait, comme tous ses collègues d'ailleurs, avait un problème. Il avait mis ses échecs sur le fait qu'elle était extrêmement émotive. On discuta de son cas à la réunion pédagogique ; Edwidge réussissait très bien dans toutes les matières mais elle était si renfermée ! Soeur Jeanne qui était à la fois son professeur de géo et sa surveillante était totalement déconcertée. Même si ce n'était pas le genre de choses dont on parlait dans les réunions, elle n'avait pu s'empêcher de raconter ce qu'elle avait remarqué : à savoir qu'Edwidge était obsédée par la propreté : elle se lavait le visage six fois par jour, elle se brossait les dents huit fois, quant à parler du nombre de fois qu'elle se savonnait les mains ? Incalculable...

« Je suis peut-être ridicule avec tous ces détails qui ne concernent pas vraiment la vie scolaire, mais je crois que cette étudiante a des difficultés. Elle ne parle jamais d'elle. S'il y a une constante à cet âge, c'est bien de parler de soi. À la limite, on dirait qu'elle n'est même pas consciente qu'elle existe ! Elle est toujours dans la lune. » « Mais comment expliquez-vous ses brillants résultats ? » Monsieur Levallois soupira : « Enfin, ses résultats passés... Elle étudie pourtant ? »

« Oui... » Il y avait de l'hésitation dans la voix de soeur Jeanne. « Elle étudie. Enfin, je le suppose. À l'étude des pensionnaires, il y a toujours un livre ouvert devant elle, mais elle ne me donne pas l'impression de le regarder. Il serait à l'envers qu'elle ne s'en apercevrait même pas ! »

« Est-ce que ça serait la cause de ses récents échecs en mathématiques ? demanda monsieur Levallois. C'était jusqu'à ces derniers temps une de mes remarquables étudiantes. Et Dieu sait qu'en quatorze ans d'enseignement, j'en ai vues beaucoup... Qu'est-ce qui s'est passé ? »

Soeur Jeanne se tourna vers monsieur Levallois : « Je ne voudrais pas vous blesser, mais depuis quelque temps, les rares fois où il est question des professeurs ou plutôt les rares fois dont j'en suis témoin, Edwidge semble nourrir à votre égard des sentiments très négatifs. Elle qui ne dit jamais rien s'unit à ses compagnes pour protester contre vous. Avez-vous dit ou fait quelque chose qui l'aurait choquée ? »

« J'y ai pensé, mais je ne vois vraiment pas ce que j'aurais fait qui l'aurait dérangée au point de couler ses examens ! Vous savez, c'est difficile de choquer les étudiantes avec des hypothénuses au carré ! Et je n'ai jamais vraiment parlé à Edwidge ; je n'ai jamais rien eu à lui reprocher. Mais dans la situation actuelle, il faut que je fasse quelque chose... » Monsieur Levallois tirait sur les poils de sa moustache. Une grosse moustache. Brune avec quelques poils blancs. Monsieur Levallois en était très fier. C'était d'ailleurs sa seule coquetterie. Il savait qu'il n'était pas beau ; il était court sur pattes, il avait le nez rouge (et pourtant, il ne buvait pas, c'était injuste) et il perdait ses cheveux. Et ses illusions. À un certain moment de sa vie, il s'était imaginé que la maturité lui conférerait une certaine prestance à défaut de la beauté. Même pas. Et maintenant sa meilleure élève qui le détestait sans raison ! Qu'est-ce qu'elle avait, cette petite ?

« Soeur Jeanne, vous semblez bien vous entendre avec vos pensionnaires, croyez-vous que vous pourriez parler avec Edwidge ? Je le ferais bien, mais vous savez qu'à cet âge c'est plutôt compliqué, en tant qu'homme, de discuter avec des jeunes filles. Si je la retiens après la classe, il va y avoir au moins cinquante élèves pour dire que j'ai un faible pour Edwidge. Je ne crois pas que ça arrangerait les choses. Si j'y suis forcé, je lui parlerai mais avant... »

« Je peux essayer mais je suis sceptique... Elle est très taciturne, très renfermée. Elle semble rongée par un secret inquiétant. J'ai l'air de romancer son cas, soupira la religieuse, mais Edwidge est vraiment... originale. »

Edwidge elle-même se sentait étrange. Non, étrangère. Étrangère à ce qui l'entourait. Ses compagnes, les cours, les soeurs, les horaires, les règlements, les activités. C'était si peu important cette vie-là. Cette vie d'étudiante. Maintenant qu'elle vivait vraiment, Edwidge se demandait comment elle avait survécu sans amour. Sans cet Amour. Monsieur Levallois, Georges, était si séduisant, si beau, si intelligent. Grand et fort, avec un visage qui avait du caractère ! Et son regard... quel regard passionné, enflammé, sincère. Edwidge était définitivement, éperdument amoureuse de Georges Levallois.

Il eût été bien étonné s'il l'avait su.

103

Soeur Jeanne tenta de parler avec Edwidge de tout et de rien, et elle échoua lamentablement. Edwidge était polie, aimable mais ne parlait d'elle sous aucun prétexte. Ni de ses parents ni de ses amies, ni de ses désirs ni de ses haines. Pourtant, et ça, soeur Jeanne en était convaincue, Edwidge aimait et haïssait avec intensité. Pourquoi le cachait-elle ? Que cachait-elle ? Elle avait l'air désespérée, close dans un mutisme farouche. La bonne soeur aurait bien voulu l'aider. Pour ce qui était de parler de monsieur Levallois, on repasserait ! Et on y repenserait, la solution n'étant certes pas d'essayer d'en parler avec cette pensionnaire bizarre.

Les compagnes d'Edwidge avaient remarqué que soeur Jeanne s'intéressait à elle. À cet intérêt subit, il y avait deux réponses : ou bien soeur Jeanne était sur le dos d'Edwidge à cause de ses mauvais résultats, ou bien elle avait un faible pour l'élève, qui était très naïve. Lise, Hélène, Louise lui avaient dit de se méfier. C'était d'ailleurs un gag classique que les visites nocturnes de soeur Jeanne à soeur Nicole. On n'avait pas de preuves mais... À ces révélations, Edwidge avait réagi négativement : tout cela ne la regardait pas, ça ne l'intéressait pas, et qu'est-ce qu'il y avait de mal à ça ?

Lise, Hélène et Louise furent très étonnées par la véhémence des propos d'Edwidge ; comprenait-elle bien qu'il s'agissait de lesbianisme ? Était-elle pour cette horreur, ou était-elle assez innocente pour croire que ces visites à des heures tardives étaient normales ? Qu'est-ce que pensait Edwidge au fond ?

Elles ne le savaient pas plus que soeur Jeanne.

Edwidge décida de consigner par écrit ses sentiments amoureux. Quand elle avouerait à Georges son amour, elle lui donnerait son journal où toutes ses pensées, tous ses élans seraient inscrits. Elle ne voulait absolument pas qu'il croie que cet amour était insignifiant ; il ne s'agissait pas de pâmoison mais de passion. Edwidge savait qu'elle ne vivait pas un amour ordinaire, ce n'était pas un engouement passager, un flirt d'adolescente : elle aimait comme une femme. Elle était devenue une femme, malgré ses quatorze ans, dès qu'elle avait aimé. Il faudrait bien faire comprendre à Georges qu'une grande différence d'âge ne pouvait être un obstacle à leur amour.

Le 26 novembre 197., Edwidge choisit un cahier à la couverture rouge, rouge comme l'amour, à la procure de l'école. Elle dut attendre jusqu'au soir, jusqu'à ce que le silence ait envahi le dortoir pour allumer sa lampe de poche et écrire, tapie au fond de la garde-robe, les premières pages d'un journal amoureux.

Mon amour,

Voilà plus de 63 jours que je vous aime. Il me semble que ce bonheur, encore neuf pourtant, existe depuis la nuit des temps... J'ai l'impression que nous nous sommes toujours connus, toujours aimés. Je vous étais destinée comme vous m'étiez destiné.

N'est-ce pas merveilleux qu'après tous ces jours écoulés dans le silence, dans cette crainte qu'on découvre mes senti-ments, qu'après tous ces jours où j'ai dû vous décrier afin qu'on ne soupçonne rien, qu'après ces jours où j'ai failli dans mes problèmes de mathématiques, je voie enfin le moment venu de me révéler, de vous ouvrir mon coeur ? Je sais que je pourrai vous parler bientôt. N'avez-vous pas écrit sur ma dernière copie : « Si tu as besoin d'aide, n'hésite pas à faire appel à moi, on pourra discuter. » Quelles belles paroles ! Quelle joie pour moi de lire, de relire ces mots si simples et si transparents. Je sais que vous avez senti ce qui se passe entre nous. Notre amour. Cet amour se renouvelle perpétuellement, c'est une renaissance éternelle ! Je sens parfois cet amour qui monte en moi comme la sève dans les jeunes arbres du printemps, et cela est si fort, si intense que je crois en mourir... Parfois, l'amour m'enveloppe délicatement et me berce dans une enchanteresse euphorie.

Si vous saviez comme je hais les autres élèves, qui sont inso-lentes avec vous, qui dérangent vos cours ! Elles n'ont pas le droit d'agir ainsi ! Je voudrais les châtier ; comment pou-vez-vous être aussi patient avec elles ? C'est vrai que vous avez toutes les qualités... Mais elles me gênent. D'ailleurs, qui tenterait de nuire à cet amour que je vous porte ne serait pas mieux que mort ! Je tuerais pour vous.

Je vous aime et vous redirai cet amour tous les jours de ma vie.

La passion d'Edwidge pour monsieur Levallois était telle qu'elle eut l'idée de s'emparer d'un objet lui appartenant. Elle voulait un objet qu'il avait touché, pris dans ses mains. Elle jeta son dévolu sur un cahier qu'il avait souvent avec lui au cours. Il lui semblait qu'elle se sentirait un peu comme ce cahier, qu'elle se sentirait touchée, étreinte par Georges, si elle possédait cette relique. De plus le cahier lui souriait.

Il était évident que l'opération par laquelle elle emprunterait ce cahier ne pouvait avoir lieu en plein jour. Edwidge, de toute manière, avait l'habitude des sorties nocturnes. Elle savait que c'était risqué, surtout depuis qu'elle avait appris que les religieuses se visitaient la nuit. Elle espérait ne pas rencontrer soeur Jeanne ou soeur Nicole mais, si cela se produisait, elle ferait semblant d'être somnambule. Elles avaient le droit d'avoir des amies tout comme les étudiantes. Si celles-ci en avaient eu le loisir, elles seraient sûrement allées bavarder avec leurs compagnes, le soir tard, dans les chambres et elles n'auraient pas trouvé ça mal. Pourquoi était-ce mal pour les religieuses ? Ce n'était pas logique.

Enfin, elle redoublerait de prudence quand elle irait chercher le précieux objet.

Après deux semaines d'observation, elle avait appris que monsieur Levallois rangeait ce cahier dans son casier au local des professeurs. Local heureusement éloigné des dortoirs. On ne pourrait pas l'entendre y pénétrer. Le seul obstacle résidait dans le fait que le local en question était verrouillé tous les soirs quand le dernier professeur quittait le couvent. Il n'était ouvert qu'à sept heures le lendemain. C'était soeur Solange qui en possédait les clés. Quinze jours avaient suffi à Louise pour constater que la religieuse n'oubliait jamais de fermer le local à clé ; Edwidge ne pouvait pas compter sur une erreur pour s'emparer du cahier tant convoité. Il y avait une seule solution : subtiliser les clés dans la chambre de soeur Solange. Les dieux étaient avec Edwidge : soeur Solange laissait très régulièrement sa porte ouverte, elle se voulait accueillante pour les pensionnaires, toujours prête à les écouter. Elle n'enseignait pas, elle était plus ou moins infirmière et savait que bien des maux n'ont qu'un seul remède : l'écoute conjuguée à l'aspirine. Soeur Solange avait un pot d'aspirine — quantité-industrielle — car c'était toujours le remède qu'elle administrait, qu'il s'agisse de migraines, de nausées, de foulures, de coups de soleil ou d'éraflures.

Le 17 décembre, Edwidge fut prise d'un violent mal de tête. Soeur Solange n'en fut guère surprise : c'était la veille d'une session d'examens ; beaucoup d'étudiantes voyaient dans l'aspirine un calmant à leur angoisse. Elle écouta Edwidge avec le plus grand sérieux, lui donna la fameuse aspirine et lui conseilla de se coucher tôt. D'ailleurs il était assez tard, presque huit heures. Edwidge remercia poliment. Soeur Solange avait l'impression d'avoir aidé Edwidge car cette dernière quitta sa chambre avec un sourire qu'elle n'avait pas lorsqu'elle y était entrée.

Edwidge avait en effet un petit sourire, et les clés. Ça avait été un jeu d'enfant, elles traînaient sur le lit et Edwidge n'avait eu qu'à s'y affaisser, simulant une grande fatigue. Les clés avaient glissé vers elle, s'étaient rapprochées, Edwidge les avait étreintes. Elle ne commit pas l'imprudence de les conserver sur elle ; on ne savait pas à quel moment soeur Solange s'apercevrait de la disparition de ces clés. Edwidge souhaitait seulement ne pas s'être trompée de trousseau. Il y en avait deux. Mais pourquoi le trousseau l'aurait-il trompée ? Elle le cacha dans l'armoire de la lingerie, sachant que personne n'irait à cette heure. Elle alla se coucher, comme lui avait recommandé soeur Solange. Et elle ne s'endormit pas. Elle trouva l'attente fort longue. Quand elle se releva vers deux heures de la nuit, tout était calme. Une pensionnaire qui était allée aux cabinets de toilette avait bien failli la surprendre mais Edwidge s'était dissimulée adroitement derrière une porte entrebâillée. Elle descendit le grand escalier torsadé qui menait aux salles de cours. Sale escalier ! Il était très vieux, en bois, avec des marches qui auraient gagné des concours de craquements. Elle avait pris soin de mettre des gants, la laine étoufferait le tintement du métal, de plus elle ne laisserait pas d'empreintes. Après avoir essayé cinq clés, elle eut la joie de voir la sixième s'enfoncer allégrement dans la serrure. Edwidge pénétra dans la pièce, attendit quelques instants, le temps de s'habituer à la pénombre. Elle trouva bien vite le cahier de monsieur Levallois et s'en empara. Elle le glissa dans sa robe de chambre, remonta vers le dortoir, porta le cahier dans sa chambre, l'enfouit dans le fond de sa garde-robe et retourna aux cabinets de toilette. Elle actionna trois fois de suite la chasse d'eau, espérant attirer légèrement l'attention. Elle ressortit immédiatement des cabinets, quitta le dortoir et se dirigea vers la chambre de soeur Solange. Elle avait à la fois chaud et froid, elle se sentait plus mal que dans la soirée ; elle avait fait des cauchemars, elle avait mal au coeur aussi.

« Mais pourquoi n'es-tu pas allée voir soeur Jeanne, c'est ta responsable ? »

« Oui, je sais, mais soeur Jeanne serait venue vous réveiller de toute façon, ça ne servait à rien de la déranger. Je suis déjà assez gênée d'être venue vous réveiller », expliqua Edwidge en regardant soeur Solange avec des yeux vraiment très éplorés.

« Pauvre Edwidge, je pense que tu es trop nerveuse à la veille de tes examens. Va te recoucher, je vais aller te porter un sirop calmant qui va t'aider à dormir. Tu es bien pâle. »

Elle attendit au lendemain soir pour regarder le cahier de monsieur Levallois. Comme il écrivait bien ! Cette façon de former ses chiffres, ces annotations écrites finement au crayon rouge dans les marges. Il y avait même quelques petits dessins. À la fin du cahier, elle découvrit un poème. Il était poète ! Elle n'en était pas surprise ; on peut enseigner les mathématiques et avoir une âme d'artiste.

Mon enfant, ma soeur,
Songe à la douceur,
D'aller là-bas vivre ensemble
Aimer à loisir
Aimer et mourir
Au pays qui te ressemble

Quel talent ! Edwidge était persuadée qu'il avait écrit ce poème pour elle, en songeant à elle. Plus tard, elle lui dirait la joie qu'elle avait ressentie en lisant ces vers.

Le cahier de monsieur Levallois était rouge, comme le journal d'Edwidge : ce sont des signes qui ne trompent pas. Ils étaient faits l'un pour l'autre. Et ce cahier était gentil, vraiment délicat, comme son maître.

Elle ne crut plus utile de couler ses examens, il serait même bon d'obtenir la plus haute note ; il s'étonnerait sûrement de ce revirement de situation. De plus, Noël approchait, ce serait un cadeau des fêtes pour lui.

Mais quelle tristesse en songeant qu'elle serait séparée de lui pendant quinze jours. Jamais des vacances peinèrent davantage quelqu'un. C'est la mort dans l'âme qu'elle quitta le couvent pour aller fêter Noël parmi les siens.

Elle écrivit tous les jours sa douleur, son chagrin d'être éloignée de lui. Elle remplissait des pages entières de confidences pathétiques. Dramatiques. Tragiques.

Le 7 janvier, elle était probablement la seule pensionnaire qui se réjouissait de rentrer au couvent. Soeur Jeanne, qui remarqua cette joie, conclut qu'Edwidge avait passé de bonnes vacances avec ses parents. « Tant mieux, songea-t-elle, cette petite m'inquiétait un peu, elle est si sauvage, si complexe malgré une apparente docilité. Espérons que cet entrain durera ! »

Cet entrain dura. Il se mua même en exaltation : Edwidge ne tenait pas en place, avait un air fébrile, fiévreux comme si elle était toujours la proie d'une vive émotion. Elle avait les yeux cernés et elle se lavait plus que jamais.

Elle avait décidé de se laver davantage pour avoir la peau plus fine. Elle voulait être superbe le jour où elle confesserait son amour à Georges.

Georges qui se demandait où il avait bien pu ranger son cahier. Ce n'était pas l'importance qu'il attachait à cet objet mais l'aspect intrigant de cette disparition qui le préoccupait. Il songeait aussi à Edwidge. Le mystère total. Il se sentait un peu mal à l'aise en présence de cette élève. Elle avait demandé à changer de place, alléguant qu'elle ne voyait pas bien le tableau quand elle était au fond de la classe, mais monsieur Levallois savait qu'elle était à l'arrière dans tous les autres cours et ça n'avait pas l'air de la gêner du tout. Elle avait donc pris place au premier pupitre en face du bureau du maître. Elle ne perdait pas monsieur Levallois des yeux. Et lui, ça l'incommodait. Elle ne le fixait jamais, seulement il sentait planer son regard continuellement. Est-ce qu'elle le haïssait ? Même si les notes d'Edwidge s'étaient vraiment améliorées, monsieur Levallois croyait que le problème persistait. En fait, il était persuadé que son élève le détestait. Ça l'embêtait parce qu'il ne savait pas pourquoi. Une antipathie naturelle peut-être... C'était empoisonnant. Si ça continuait, il finirait par prendre le groupe C en horreur, à cause de la tension qu'Edwidge y créait.

Trois semaines après le retour au couvent, Georges Levallois décida d'avoir un entretien avec Edwidge ; il fallait tirer cette maudite histoire au clair ! Maudite pour l'un et l'autre : il sentait bien que l'adolescente n'était pas à l'aise en sa présence. On allait s'expliquer et tout redeviendrait comme avant. Il inscrivit donc sur la feuille corrigée qu'il lui remit ce matin-là : « Edwidge, pourrais-tu venir me rencontrer à mon bureau cet après-midi à 4 heures ? » Il lui sembla qu'elle tressaillait quand elle lut ce message sur sa copie mais elle ne fit aucun signe de reconnaissance. Bien sûr, elle était gênée face aux autres étudiantes.

Edwidge volait, cette journée-là. Elle fut tout à fait incapable de dîner et elle n'alla évidemment pas à la collation de 4 heures. Elle courut chercher son journal et voir l'homme de sa vie.

Elle tremblait lorsqu'elle pénétra dans le bureau de monsieur Levallois. Il lui sourit gentiment.

« Assieds-toi, Edwidge, je ne sais pas si tu te doutes pourquoi je t'ai fait venir à mon bureau ? » Il disait ça sur un ton vraiment bonhomme. Vraiment amène.

« Peut-être. » Et elle disait ça sur un ton vraiment passionné dans la mesure où on peut dire « peut-être » sur un tel ton.

Monsieur Levallois se tordait les mains derrière son bureau. « Je pense qu'il y a une sorte de conflit entre nous. C'est possible que je me trompe, je l'espère. Mais tu as une attitude vraiment différente de celle que tu avais en septembre. J'aimerais savoir ce qui ne va pas. Est-ce que j'ai fait quelque chose qui te déplaît ? On est mieux de se parler franchement, tu ne trouves pas ? » Il continuait à se tordre les mains. Il allait se les tordre encore plus !

Edwidge cria, affolée. « Vous avez cru que j'étais fâchée ? Moi, mon Dieu ! Moi ? Vous en vouloir ? »

« C'est pas ça ? »

« Mais je vous aime ! Je vous aime de toutes les forces de mon être. Ça fait des mois que je pense seulement à vous ! »

« Moi ? »

« Vous ! »

Monsieur Levallois ne savait absolument pas quoi répondre. C'était la première fois dans sa carrière d'enseignant qu'il lui arrivait pareille aventure. C'était aussi la première fois dans sa vie qu'il lui arrivait une telle chose. Il était tout à fait incrédule.

« Tenez. Lisez n'importe quelle page de ce journal, j'y ai écrit pour vous tous les jours. » Sa nervosité avait fait place à une farouche détermination ; cet homme était donc si humble qu'il ne comprenait pas qu'on puisse l'aimer ? Elle allait lui faire accepter !

13 janvier

Mon amour,

Je me languis de vous. Je meurs loin de vous. Qui a été assez sot pour inventer les vacances ? Je suis malheureuse ici, sans vous. J'ai besoin de vous voir tous les jours, de vous entendre, de vous sentir près de moi. Et vous, vous souvenez-vous de moi ? Savez-vous combien je vous aime ? Car je vous aime sans cesse davantage...

Monsieur Levallois vit que les 4, 5, 6, 7 janvier étaient semblables quant à la forme et au contenu. Les 8, 9, 10 et suivants parlaient de la joie des retrouvailles. Edwidge était très sérieuse. Enfin elle s'imaginait sérieusement l'aimer, lui, Georges Levallois, gros et laid, plutôt âgé. Il était touché, ému, bien sûr. Et il ne voulait aucunement blesser cette jeune fille. Mais que lui dire... Il y eut un long silence où Edwidge dévorait des yeux cet homme merveilleux.

Il dit enfin : « Je crois que tu m'aimes sincèrement. Tu sais, cependant, que la situation est compliquée ; la grande différence d'âge, le fait que je sois professeur, toi étudiante, sont autant d'obstacles. Tu vas me dire que ça t'importe peu, je comprends, mais on vit dans une société ; je sais que tu es intelligente et que tu seras d'accord avec moi. Je suis flatté, ému de ton attention particulière pour moi et s'il y a une réponse, c'est que le temps arrange les choses... »

Edwidge ne répondit pas à cela.

Ils parlèrent ensuite de tout et de rien, histoire de ne pas se quitter avec gêne, pour bien se faire comprendre qu'ils pouvaient se parler.

Quand Edwidge quitta monsieur Levallois, elle planait.

Il l'aimait, c'était évident ! Il lui avait seulement dit qu'il fallait attendre. Attendre de pouvoir s'aimer aux yeux de la société. Elle attendrait tout le temps qu'il faudrait, car elle l'aimerait toute sa vie.

Envers et contre toutes.

Edwidge était toujours la dernière pensionnaire à quitter le couvent le vendredi. Les pensionnaires allaient chez elles toutes les semaines. Le vendredi, avant leur départ, elles faisaient le ménage de leurs chambres et la religieuse responsable de chaque niveau allait vérifier si chacune avait nettoyé méticuleusement. C'est-à-dire regarder sous les lits pour voir si on n'y avait pas glissé la poussière balayée à la hâte et ouvrir la garde-robe pour voir ce qui était ou non entassé. Parfois, il y avait exagération : dans la joie de quitter le couvent, les pensionnaires avaient tendance à faire très rapidement leur ménage, flanquant tout dans leur garde-robe.

Edwidge, généralement, échappait à ce travers ; elle rangeait tout très proprement. Non par souci du règlement mais par affection pour les objets.

Mais ce vendredi-là, elle oublia — comment put-elle oublier cela ? — de cacher son journal dans le troisième drap sur la deuxième tablette du haut. Elle s'était presque endormie en écrivant la veille, dans sa garde-robe. Le matin, avant d'aller à ses cours, elle avait camouflé superficiellement son cahier rouge et sa lampe de poche.

Vers quatre heures moins quart, elle remonta à sa chambre pour y trouver soeur Jeanne qui était à sa tournée d'inspection. Elle finissait toujours par Edwidge, sachant celle-ci peu pressée de partir.

Soeur Jeanne tenait le journal d'Edwidge, il était entrouvert au centre. Elle en avait lu la moitié.

Edwidge blêmit mais ne dit pas un seul mot.

Soeur Jeanne ne savait pas quoi dire. Elle dit donc à Edwidge qu'elle avait trouvé ce cahier dans sa garde-robe, dans un fouillis particulier et qu'elle avait découvert également une lampe de poche. Et qu'il était formellement interdit de lire ou d'écrire le soir à la lueur d'une lampe de poche. Elle verrait ce qu'elle déciderait, elle en parlerait peut-être à la directrice... Elle arrêterait sa décision lundi. De toute façon, soeur Angèle, la directrice, était absente pour la fin de semaine ; on verrait à son retour. Elle ajouta qu'elle espérait un ménage mieux fait à l'avenir. Elle laissa à Edwidge son cahier sans dire quoi que ce soit à son sujet.

Mais Edwidge savait que soeur Jeanne l'avait lu.

C'était une véritable catastrophe ; son amour bafoué au grand jour ! La carrière de Georges brisée à cause d'une indiscrétion ! Leur avenir anéanti ! Leur bonheur piétiné !

Jamais ! Jamais !

Edwidge avait toujours pensé qu'elle protégerait cet amour ; il n'y avait qu'une solution possible : soeur Jeanne devait mourir.

Évidemment, ça devait ressembler à un accident.

Il ne devait pas y avoir de témoins. Et l'accident devait être mortel. On excluait donc la chute dans les escaliers : beaucoup trop risqué.

Edwidge réfléchit une bonne partie de la fin de semaine et imagina le crime parfait. Tout ce dont elle avait besoin, c'était d'une boule de *masking tape* ainsi que d'une paire de gants de chirurgien. Ça, c'était facile à trouver, le cabinet de visite de son père se trouvant à la maison. De toute façon, elle aurait un complice.

Edwidge n'avait rien de personnel contre soeur Jeanne, elle la trouvait même sympathique, mais dans la circonstance, elle n'avait pas le choix. Elle préférait Georges !

Elle rentra au couvent à la même heure que tous les dimanches précédents, parla et agit comme elle en avait l'habitude. Elle salua soeur Jeanne mais ne lui parla pas de ce qui s'était passé le vendredi funeste ; elle fit semblant d'oublier dans l'espoir que la soeur ait elle-même oublié.

Heureusement que soeur Jeanne visitait soeur Nicole un étage plus bas.

Edwidge attendit que toutes les pensionnaires soient couchées. Elle se releva, il était onze heures moins quart ; l'heure où soeur Jeanne rencontrait soeur Nicole habituellement. Edwidge escomptait bien qu'elle ne dérogerait pas à cette habitude.

Edwidge enfila ses gants de plastique très fin, mit sa boule de *masking tape* dans sa poche et grimpa à l'étage au-dessus. Elle expliqua à l'ascenseur ce qu'elle attendait de lui. Malgré sa lourdeur, sa lenteur, l'ascenseur était un objet métallique et Edwidge s'était toujours particulièrement bien entendu avec eux. Il accepta de l'aider. Elle colla la dite boule dans la serrure de l'ascenseur, contre le loquet. C'était un vieil ascenseur, vraiment sympathique, avec des grilles et une porte qui se coinçait ou qui restait ouverte si les loquets ne s'emboîtaient pas hermétiquement. La boule retiendrait la cage de l'ascenseur à cet étage.

Soeur Jeanne appuya sur le bouton et attendit l'ascenseur. Il ne descendait pas. Elle s'impatienta, tassa la grille et regarda dans le puits de l'ascenseur.

Edwidge l'y poussa. Soeur Jeanne bascula dans le vide avec un grand cri.

Edwidge se précipita jusqu'aux cabinets de toilette, jeta ses gants dans une cuvette et actionna la chasse d'eau. À l'autre bout du couvent une porte s'ouvrit, une élève avait entendu le cri, l'autre surveillante sortit également de sa chambre. Elles passèrent devant la porte des cabinets sans s'arrêter, elles couraient vers le cri. Edwidge se rendit à sa chambre et se glissa entre ses draps.

Elle entendit plusieurs portes s'ouvrir, des bruits de pas. Elle sortit à son tour pour demander ce qui se passait. Personne n'en savait trop rien. On avait entendu un cri mais on ignorait d'où il venait.

La surveillante tenta de calmer les pensionnaires, leur ordonna de se recoucher et leur dit qu'on verrait tout ça le lendemain matin.

On découvrit le cadavre de soeur Jeanne.

Il y eut enquête parce que la probabilité de mort accidentelle dans un ascenseur est infinitésimale. Les enquêteurs découvrirent la petite boule de *masking tape*.

Ce n'était certes pas une tâche aisée de rechercher une meurtrière parmi deux cent cinquante-trois pensionnaires et quatre-vingt-sept religieuses. Non seulement à cause du nombre d'interrogatoires mais également à cause des conditions de travail particulièrement difficiles : les soeurs avaient une telle peur du scandale que les enquêteurs devaient pratiquement effectuer leurs recherches dans l'ombre ; ils avaient l'impression de faire partie d'un service de contre-espionnage. Parler toujours à mots couverts, presque en code, taire des noms pour ne pas émouvoir les élèves, éviter trop de rencontres avec ces dernières, si impressionnables, tâcher de régler cette histoire le plus vite possible, à cause des parents des étudiantes qui n'aimaient pas du tout la situation. Se faire blâmer par des chefs qui n'avaient aucune idée des problèmes que posait cette enquête.

Après une semaine de questions sans réponses et de questions avec réponses, les enquêteurs avaient réussi à circonscrire leur champ d'action. Action passive, ils étaient plutôt à l'écoute. Ils en étaient venus à l'hypothèse suivante : c'était une étudiante qui avait commis le crime, les religieuses soupçonnées de l'attentat étant mises hors de cause ; elles avaient la foi, une foi chrétienne ardente qui empêchait toute possibilité d'acte criminel contraire à la loi de Dieu, même si comme êtres humains, elles éprouvaient des sentiments de jalousie, d'envie. À la limite, elles s'accommodaient très bien de ces sentiments passionnés ; elles avaient l'impression de vivre intensément, elles commettaient des péchés en pensée. Mais jamais il ne serait venu à aucune d'entre elles l'idée de tuer. Car outre la foi, il y avait le scandale ; les religieuses souhaitaient donc autant que les enquêteurs que l'affaire de l'ascenseur soit close.

L'ascenseur avait hâte également. On l'examinait beaucoup ces temps-ci, lui qui avait eu une vie si calme jusqu'à ce jour.

Edwidge attendait avec impatience les résultats de l'enquête. Elle n'aurait jamais pensé que ça serait si compliqué, si long. Mais elle ne regrettait rien. Elle n'était pas vraiment inquiète, juste un peu nerveuse. Elle savait bien que ce cher ascenseur ne la trahirait jamais.

Elle aurait eu pourtant de bonnes raisons de s'inquiéter : les enquêteurs (ils étaient deux) commençaient à s'intéresser à elle. Plusieurs personnes, élèves ou religieuses, avaient laissé échapper des détails curieux concernant Edwidge. Pour tout dire, les enquêteurs croyaient avoir affaire à une schizophrène. Cette élève était décidément spéciale. Elle pouvait bien avoir tué. De toute manière, c'était leur seule véritable suspecte et il fallait bien qu'il y ait une coupable ! Ils interrogèrent de nouveau l'adolescente mais elle répondait par monosyllabes, elle les regardait droit dans les yeux, sans peur, comme si elle détenait une force, un secret capable de les anéantir. C'était ridicule mais cette gamine donnait froid dans le dos. Il leur fallait tout de même des preuves que c'était elle qui avait assassiné soeur Jeanne, et Edwidge ne leur fournissait aucun indice, elle ne parlait pas, répétait toujours la même chose aux mêmes questions. Les enquêteurs eurent la permission de fouiller sa chambre quand elle était à ses cours mais ils ne trouvèrent rien d'étrange, de mystérieux, sinon un ordre parfait. Edwidge n'avait évidemment pas conservé son cahier ni celui de Georges dans sa chambre.

L'un des enquêteurs eut l'idée d'amener un chien, un limier. Évidemment, le chien ne sentirait plus rien mais il impressionnerait peut-être Edwidge. Peut-être craquerait-elle ? Les enquêteurs se sentaient très mal à l'aise de s'acharner sur une fillette, mais si elle était dangereuse ? si elle frappait encore ? Sans raison ? Car ils ne voyaient aucun motif qui aurait pu pousser Edwidge à commettre ce crime. Elle tuait simplement parce qu'elle était dérangée.

King furetait partout avec enthousiasme. Tant de nouvelles odeurs pour lui tout seul ! Les enquêteurs lui firent renifler plusieurs fois un chandail et des gants appartenant à Edwidge. Il comprenait évidemment ce qu'il devait rechercher. On l'emmena près de l'ascenseur, il huma le métal. Grogna quand on mit celui-ci en marche. Il ne voulait absolument pas entrer à l'intérieur de la cage. Les enquêteurs avaient beau le flatter, le caresser, l'encourager, ils durent le tirer de force dans l'ascenseur. King hurla tout au long de la descente et de la remontée. Quelques étages seulement mais qui lui parurent une éternité. Que ces enquêteurs étaient idiots ! S'ils ne l'écoutaient pas quand il les prévenait d'un danger, pourquoi faisaient-ils appel à lui ? Les hommes étaient donc étranges. Comme cet engin... Dès que l'ascenseur fut arrêté, King s'élança hors de la portée de celui-ci. Mais les enquêteurs n'en eurent pas le temps : les portes se refermèrent, la cage de l'ascenseur s'écrasa sur le sol. Ils auraient donc dû se fier à King.

Il ne s'appelait pas ainsi pour rien ! Il avait été un des chiens pilotes d'un groupe de recherches portant sur la faculté qu'ont les animaux de déceler des phénomènes étranges. Bien sûr, il détectait, sentait les tremblements de terre bien avant les humains et leur matériel compliqué, les sismographes, mais si les savants avaient pensé à pousser leurs tests plus loin dans l'inconnu, l'inexplicable, ils auraient appris que certaines bêtes, même certains humains, communiquent avec des objets. C'est très rare, car ces animaux, ces personnes et ces objets n'ont pas souvent l'occasion de se rencontrer. De s'aimer. Il ne s'agit aucunement de phénomènes de domination, comme de tordre des cuillers ou déplacer des meubles, non. L'humain ou l'animal et l'objet s'aiment et veulent bien plaire à l'autre. King hurlait parce qu'il savait que l'ascenseur souffrait, qu'il n'était plus capable de supporter la présence des inspecteurs. Et qu'il voulait protéger Edwidge. Si lui, King, avait réussi à empêcher les hommes d'entrer dans l'ascenseur, il n'y aurait pas eu de drame. Mais les humains sont têtus et aiment bien souvent faire sentir qu'ils sont les maîtres. C'était désolant.

On considéra l'ascenseur trop désuet et dangereux. Par ce fait même, on le condamna.

Les pensionnaires devaient donc utiliser les escaliers, tous les jours de l'année, même avec des malles, des valises, des bagages.

Un cas douteux

André
MAJOR

1

C'était l'heure creuse de la journée et il buvait, seul à une terrasse de la rue Saint-Denis, le café sirupeux qu'on pouvait prendre pour de l'expresso si on n'avait jamais mis les pieds en Italie. Il froissa le paquet de Philip Morris vide et en sortit un autre de la poche de son veston de tweed plié sur le dossier de la chaise voisine. Il alluma une cigarette, glissa un billet de cinq dollars avec l'addition sous le cendrier Cinzano et se leva, son veston sur les épaules comme une cape. La sueur lui collait la chemise à la poitrine.

Il monta Saint-Denis jusqu'à Sherbrooke, passablement voûté, comme il put le constater dans la vitrine d'un restaurant végétarien. Il se redressa aussitôt, mais l'instant d'après ses épaules se voûtèrent de nouveau. Une fois entré dans le hall d'un vieil immeuble fraîchement retapé, il reprit souffle et pressa un des treize boutons de faux ivoire. Une voix de femme demanda qui c'était, il répondit sèchement : « C'est moi » et poussa la porte dès que la sonnerie lui vrilla les tympans.

Elle avait entrebâillé la porte qu'il referma derrière lui, saisi par une odeur inhabituelle, un relent de vase, une puanteur de marécage. Il la vit alors dans l'embrasure de la porte de la salle de bains, de la tête aux pieds couverte de ce qui devait être un uniforme de boue, les cheveux relevés et noués. « Qu'est-ce que tu fais là ? » demanda-t-il, les bras ballants. Elle essaya d'articuler quelques mots déformés par son masque séché qui se fendillait. « Une autre de ses lubies », dit-il comme en s'adressant à un tiers. Et il déposa son veston sur le bras du fauteuil de rotin blanc tout en cherchant autour de lui un cendrier. Il dut finalement écraser son mégot dans un pot où subsistait, privée de fleurs, une tige rachitique porteuse de deux ou trois feuilles. « En as-tu pour longtemps ? » demanda-t-il. Elle émit un bruit rauque de gorge qui le mit hors de lui. Il reprit son veston et sortit. Dehors, c'était toujours irrespirable, et pas la moindre brise. Il arrêta d'un geste un taxi qui filait vers l'est et demanda au chauffeur de le conduire à l'angle du boulevard Saint-Joseph et de l'avenue du Parc. Rendu là, il paya et descendit, le veston sur le bras. Il hésita un moment devant une plaque de cuivre rivée il y avait des décennies dans la pierre grise de l'immeuble dont il poussa finalement la porte, apercevant à gauche la salle d'attente du dermatologue, et monta d'un pas rapide l'escalier sombre. Il s'arrêta devant la porte de chêne où il déchiffra sur un minuscule rectangle jauni le nom du locataire. La porte voisine s'ouvrit à ce moment-là et un vieil homme apparut, l'air inquiet.

« Pas de réponse, lui dit-il.

— Ça me surprend parce qu'y a eu tout un vacarme là-dedans. J'étais en train de me dire que monsieur Gadbois déménageait, ajouta le vieillard dont les pantalons lui flottaient autour de la taille, retenus par d'étroites bretelles.

— J'arrive à l'instant même, répondit-il, j'ai rien entendu.

— Avez-vous sonné ?

— Si j'ai sonné ? fit-il en hésitant. Me semble que oui.

— Parce que, si vous sonnez pas, monsieur Gadbois répond pas.

— Ah bon ! »

Mais ils se turent et le vieil homme colla l'oreille contre la porte. « J'entends plus rien, c'est curieux. Tout à l'heure, comme j'vous dis, y a eu un de ces vacarmes. Frappez donc pour voir, on sait jamais... »

Mais ils entendirent, de plus en plus précipités, des pas dans l'escalier. Deux hommes émergèrent bientôt de la pénombre. Le plus grand, exhalant une forte odeur de lotion après-rasage, passa entre eux et sonda la porte qu'il ouvrit sans la moindre difficulté. « Toi, dit-il à son camarade qui respirait péniblement sous son chapeau de paille trop petit, reste avec ces deux-là. » Puis ils l'entendirent composer un numéro et parler d'une voix saccadée mais trop basse pour en saisir quoi que ce fût. La sueur lui coulait des aisselles et la laine de son veston lui irritait la peau. L'adjoint, lui, s'était planté devant la porte d'où il pouvait observer ce qui se passait dans l'appartement. Un râle s'éleva tout à coup qui se mua en gémissement. Il chercha maladroitement à extraire une cigarette de son paquet, en offrit une à l'adjoint qui la refusa d'un signe, puis au vieux qui la prit parce qu'il était probablement incapable de refuser la moindre bagatelle, et en alluma une d'une main tremblante. Le temps ne passait plus, le vieux soupirait d'un air consterné, répétant : « J'avais senti ça, moi, qu'y se passait quèque chose de pas normal... » Il s'était fiché la cigarette au-dessus de l'oreille.

Une sirène hurla plaintivement, puis des pas retentirent en bas, dans le hall. Deux brancardiers passèrent entre eux sans les voir. L'adjoint leur ouvrit la porte toute grande. Cette fois, les choses se passèrent très vite : les brancardiers sortirent sans qu'il pût rien voir, le policier s'étant interposé entre eux et lui. Dès qu'ils eurent disparu dans le noir, le policier ralluma le bout de cigare qu'il mâchouillait d'un air absent. « Eh ben, vous deux, qu'est-ce que vous avez à dire ? » demanda-t-il sans les regarder ni l'un ni l'autre, apparemment fasciné par ce qu'il venait de voir dans l'appartement. « Moi, dit le vieux, j'ai entendu du vacarme à un moment donné...

— Quand ça ? trancha le policier.

— Bah, j'sais plus trop, y a une heure, peut-être un peu plus...

— Et toi, le jeune, qu'est-ce que tu faisais là ?

— Je passais dire un mot au patron, on avait rendez-vous.

— Tu travailles pour cette cochonnerie de journal, toi aussi ?

— C'est-à-dire...

— Qu'est-ce que vous avez entendu exactement ?

— Moi, rien, j'arrivais au moment où...

— C'est pas à toi que je demandais ça, coupa le policier en regardant son bout de cigare éteint.

— Difficile à dire. J'écoutais mon baseball tranquillement quand tout à coup j'ai entendu comme un meuble qu'on déplaçait, quelque chose qui tombait.

— Des voix ?

— J'pourrais pas dire ça, non. Monsieur Gadbois vit tout seul. J'ai jamais entendu autre chose que la radio ou la télévision.

— Vous avez pas été tenté d'aller voir ce qui se passait ?

— Oh, non, monsieur. C'est pas mon genre d'aller fouiner chez le voisin.

— Vous pouvez retourner voir votre baseball, monsieur ?

121

— Crépeau. Ed Crépeau. Tenez-moi au courant. Après tout, c'est mon voisin depuis pas loin de dix ans.

— Comptez sur moi. »

Le vieux s'éclipsa, visiblement contrarié de revenir à la banalité de la vie courante. « Toi, tu vas me suivre, dit le policier en entrant dans l'appartement. Et touche à rien, surtout.

— Vous faites comme si Gadbois était mort.

— Il pourrait bien mourir en cours de route.

— Qu'est-ce qui s'est passé ?

— Tu lui voulais quoi au juste ? coupa le policier en se grattant le cou, là où palpitait une grosse veine.

— Pour être franc, on avait eu une dispute la veille, et je voulais tirer les choses au clair.

— Chez lui ? Pourquoi pas au bureau ?

— Écoutez...

— J'écoute, mon jeune, mais dis-toi que si le patron crève, tout ce que tu peux dire, ça pourrait se retourner contre toi. »

Il se rendit compte à ce moment-là que l'adjoint avait disparu. « Si j'avais été mêlé à ça, vous m'auriez certainement pas trouvé ici, devant sa porte, à vous attendre.

— Pour commencer, montre-moi tes papiers. »

Il lui tendit son portefeuille aussi moite que ses paumes. Assis sur le bras du fauteuil, le policier examina ses papiers en prenant des notes dans un petit carnet noir. Tout était disproportionné chez lui, ses mains, ses oreilles, ses pieds. Bien que de taille moyenne, il était doté d'appendices excessivement développés. Il avait un long nez cassé par où sa respiration circulait bruyamment. « Pour en revenir à cette dispute, finit-il par dire en lui rendant son portefeuille, qu'est-ce qui s'est passé ?

— Un article qui l'a piqué au vif et il m'a flanqué à la porte.

— T'étais pourtant pas un nouveau venu... Et tu venais le voir pour le supplier de te reprendre, c'est ça ?

— Si vous voulez.

— T'es pas syndiqué ?

— J'ai jamais voulu l'être.

— Et d'après toi, si t'avais pu le voir en privé, ça se serait arrangé, il t'aurait dit de rentrer demain matin ?

— Comment voulez-vous que je le sache ? » dit-il d'un ton irrité.

Le policier n'en finissait pas de se passer une main noueuse sur le genou, comme si ça le soulageait, sans cependant cesser de fixer la lampe renversée au milieu de la pièce et le divan de cuir blanc manifestement déplacé. « Il t'aurait repris ? redemanda le policier, l'air de ne plus se souvenir de la réponse que l'autre lui avait faite.

— Probablement.

— Qu'est-ce qui te fait croire ça ?

— Bah ! C'est quelqu'un d'un peu prompt, mais j'ai dix ans de métier et ça compte pour lui.

— Dans quel secteur ?

— Le spectacle.

— La vie privée des vedettes. Leurs histoires de cul, tout ça ?

— Si vous voulez. »

Le policier soupira en se redressant. « Ton adresse est toujours bonne ?

— Toujours.

— Éloigne-toi pas trop, on pourrait avoir besoin de te parler et sérieusement. »

L'autre fit un signe de tête et quitta l'appartement après avoir vainement cherché où écraser son mégot. Il le piétina sur le palier et descendit, son veston sur le bras.

C'était aussi étouffant que tout à l'heure. Il croisa des Hassidiens avec leurs chapeaux et leurs manteaux noirs, apparemment insensibles à cette accablante fin de journée. La circulation était dense, ponctuée de coups de klaxon. Il alluma une cigarette en attendant que sorte de la cabine téléphonique une grosse femme aux prises avec un problème de monnaie. Elle finit par s'extraire de là avec son chargement de colis. Elle maugréa quelque chose en grec contemporain, mais il se contenta de hausser les épaules. Elle avait dû saboter l'appareil, rien ne fonctionnait. Il se dirigea vers l'est jusqu'au boulevard Saint-Laurent où il découvrit enfin, dans le hall d'un restaurant spécialisé dans les cuisines du monde entier, un téléphone en bon état. Mais il n'y avait pas de réponse au numéro qu'il avait composé et il raccrocha en jurant.

2

Il descendit les quelques marches qui menaient à la porte vert bouteille d'un sous-sol, sortit de sa poche une clé qu'il remit à sa place après quelques secondes d'hésitation et pressa le bouton une fois, puis deux autres, très vite. Elle lui ouvrit d'un air maussade. Il essaya bien de lui sourire, mais elle lui demanda abruptement : « As-tu oublié quèque chose ?

— Non, rien. Mais je suis dans le pétrin, Ghyslaine. Pas de blague. »

Elle recula pour le laisser entrer dans la pièce mal éclairée et encombrée de vaisselle sale et de magazines populaires. Tout semblait traîner depuis des jours. Il n'osait trop s'asseoir, la regardant s'empiffrer à même le pot de beurre d'arachides, plus nue dans son baby doll démodé que si elle n'avait rien porté. La chaleur faisait boucler ses courts cheveux roux. « J'allais me mettre au lit, dit-elle d'un ton maussade. J'ai commencé ma journée à six heures, moi.

— Écoute, Ghyslaine, j'ai encore un service à te demander. C'est pas grand-chose pour toi, mais pour moi c'est très important. Si jamais on te demande si j'étais ici cet après-midi, vers deux heures, deux heures et demie, dis oui.

— J'y était même pas ! Comment veux-tu que je dise une chose pareille ?

— Tu peux dire que tu m'as appelé du restaurant.

— Pourquoi je dirais ça ? »

Il soupira, comme si elle en demandait trop, et sortit son paquet de cigarettes qu'il examina longuement jusqu'à ce qu'elle revienne à la charge : « J'ai le droit de savoir pourquoi ?

— Qu'est-ce que ça change pour toi ?

— J'ai pas envie d'être mêlée à tes histoires. Demande ça à ton actrice.

— C'est fini entre nous.

— Déjà ? » demanda-telle en faisant l'étonnée.

Lui avait baissé les yeux, comme encore sous le choc. « C'est pas vrai, ajouta-t-elle. Toi qui me plantes là pour aller vivre avec elle, t'es bien avancé. Parce que laisse-moi te dire que j'ai pas du tout l'intention de soigner ta peine d'amour. Oh, non !

— Écoute, Ghyslaine...

— Non, recommence pas ton histoire, je la connais par coeur. On n'est pas du même monde, j'ai compris ça y a déjà un bon bout de temps. Et j'ai plus du tout envie d'être ton bouche-trou, plus jamais, c'est clair ?

— Est-ce que je peux rester ici ce soir ?

— J'aimerais mieux pas.

— Comme tu veux. J'y vais, mais est-ce que je peux compter sur toi pour le coup de fil ? »

Elle se taisait, mordant furieusement dans un biscuit, et il pouvait voir sa jambe se balancer sous la table. « Si tu refuses, dit-il tout bas, je t'en voudrai pas, j'ai été salaud plus souvent qu'à mon tour avec toi... » Sa jambe se balançait encore plus vite. « Okay, cria-t-elle, mais disparais plus vite que ça, que j'te revoie pas de sitôt ! » Il la salua, l'air piteux, et se dirigea pesamment vers la porte. Elle se leva précipitamment et, comme malgré elle, lui demanda : « Qu'est-ce qui se passe exactement ?

— Des emmerdements sérieux, c'est tout ce que je peux te dire.

— Pires que l'autre fois ?

— Pires que jamais », ricana-t-il.

Elle lui arracha son veston du bras et le lança sur le fauteuil : « Tu peux rester cette nuit, mais parle-moi pas d'elle, veux-tu ?

— C'est fini, je te l'ai dit.

— Avec toi, ça veut dire quoi, fini ? »

Elle n'attendit même pas la réponse, elle se versa un grand verre de lait qu'elle avala d'un trait : « Bon, moi, je prends une douche et je me couche. » Dès qu'il entendit le jet cascader dans la salle de bains, il composa un numéro et dit à voix basse : « Oui, c'est moi... Je m'excuse pour cet après-midi, j'étais nerveux, Gadbois m'a mis à la porte... » Il se tut un moment, puis d'une voix où perçait l'irritation : « Comment ça ? Tu le savais déjà. Parle plus clairement. Y a quelqu'un ? Bon, d'accord. Je t'attends

125

vers minuit devant le théâtre. Salut. » Il suait à grosses gouttes, il déboutonna sa chemise, la retira, de même que son pantalon, ses souliers et ses chaussettes humides. Il écarta le rideau fleuri et la rejoignit sous le jet. Elle continua à se savonner vigoureusement. Quand il se risqua à la caresser, elle le repoussa et sortit de la baignoire. Il resta sous l'eau un moment, se frictionna rapidement et sortit à son tour, affligé d'une érection. Il se sécha en un tourne-main, puis entra dans la chambre étroite où elle gisait déjà, apparemment endormie. Mais il hésitait à entrer, fasciné par la blancheur farineuse de ce corps, aurait-on dit. Il sursauta : la pluie se mettait à tomber dru. Une fraîcheur pénétrait entre les lattes à demi fermées du store. Il s'avança à pas de loup, comme s'il voulait la surprendre, et s'agenouilla au pied du lit. Elle ne bougea pas, même quand il se mit à lui lécher la plante du pied, puis chaque orteil, longuement, sans parvenir à lui arracher le moindre soupir d'encouragement. Sa langue remonta lentement jusqu'à la cuisse couverte de chair de poule. Elle avait écarté les jambes et ramené un genou contre son ventre, lui présentant ainsi non seulement son sexe ouvert mais aussi le sombre orifice de chair finement strié où il enfonça sa langue plusieurs fois avant de l'entendre gémir d'une voix de ventre. Puis, comme il pressait le clitoris dressé entre ses lèvres, il éjacula. Elle lui avait agrippé les cheveux pour le retenir contre elle jusqu'à ce que l'ultime remous de sa chair s'apaise. Mais elle n'avait pas desserré les dents.

Il se releva et regarda le réveil sur la table de chevet. Elle se recroquevilla autour de l'oreiller. Il sortit de la chambre et se rhabilla silencieusement. Elle s'était sans doute endormie. Quand il l'appela, elle ne répondit pas.

3

Il n'y avait personne à part lui devant l'entrée du théâtre où il faisait les cent pas depuis pas loin d'une heure, un journal sous le bras. « Qu'est-ce qu'elle fait ? » demanda-t-il à voix haute, sans se rendre compte qu'une auto s'était arrêtée le long du trottoir, phares éteints, tout près de lui. Comme il se retournait en entendant une portière claquer, il se trouva face au policier de cet après-midi qui mordait, cette fois, dans un cigare tout neuf. « Eh ben, tu peux dire que tu m'as fait courir, le jeune.

— Moi ?

— J'ai des nouvelles fraîches, pas très bonnes pour toi. »

Il prit le temps d'allumer son cigare, d'en aspirer une bouffée et de la lui souffler distraitement au visage. « Ton boss vient de crever », lâcha-t-il. L'autre eut un rire nerveux : « Vous me faites marcher.

— Pas du tout, le jeune.

— Vous attendez-vous à me voir pleurer ?

— Je m'attends à rien du tout. Je pourrais t'arrêter tout de suite comme témoin important, mais j'ai pour principe de toujours donner une chance au gars. »

Il avait de la sauce à spaghetti au coin des lèvres. « Vous pouvez m'arrêter, mais tout ce que je peux vous dire, vous le savez déjà.

— Curieux tout de même que t'aies pas réfléchi depuis cet après-midi. T'aurais pu te rappeler certaines choses, par exemple ce que t'as fait au milieu de l'après-midi. Disons vers les deux heures.

— J'étais chez une amie, rue Wolfe. 1623, Wolfe.

— Disons que t'étais là à deux heures. Mais juste après, vers les trois heures, trois heures et demie.

— J'ai pris une bouchée rue Saint-Denis, puis je suis allé voir une amie. Je l'attendais justement. Elle pourra vous le confirmer, d'ailleurs.

— Tu parles d'Élisa, probablement. Je l'ai vue tout à l'heure. Encore ébranlée par la nouvelle. Un gros coup pour elle, j'ai bien l'impression. D'après ce que j'ai cru comprendre, c'est un peu à cause d'elle que Gadbois pouvait plus te sentir ni de près ni de loin.

— Qu'est-ce que vous allez chercher là ?

— Ton Élisa. Élisa qui, déjà ?

— Trottier.

— Oui, c'est ça, Trottier. Ben, elle, à en juger par ce qu'elle nous a raconté, elle avait un penchant — façon de parler — pour Gadbois et toi, tu prenais mal la chose. Très mal même.

— Vous inventez tout ça !

— Élisa Trottier est prête à faire une déclaration en bonne et due forme, on n'a qu'à aller la chercher. Je te disais ça pour éclairer ta lanterne, histoire de sauver du temps. »

Le policier avait posé un pied sur le pare-chocs, un sourire moqueur aux lèvres : « Tu sais un peu comment ça se passe après quinze ans de métier : on fouine ici, on fouine là et forcément on trouve quelque chose, parfois c'est pas très convaincant. Mais dans ton cas, honnêtement, j'ai été chanceux. T'avais téléphoné au journal pour voir Gadbois, vers dix heures ce matin. La secrétaire t'a dit que le patron restait chez lui pour raison de maladie.

— Et après ?

— Ça prouve rien, t'as bien raison. C'est à peine une piste. Et puis si t'avais quelque chose à voir là-dedans, t'aurais pas été te présenter à la porte de Gadbois une heure après, pas vrai ? »

Il fit un signe de la main et l'adjoint sortit de l'auto, coiffé de son chapeau trop étroit dont le bord lui faisait comme une auréole. « Dis-lui donc, Luc, quelle sorte de preuve on a contre lui.

— Toute une, dit l'adjoint en riant. Le mort a eu le temps de parler, et j'étais là, moi.

— Le blessé, tu veux dire, reprit le chef.

— Oui, c'est ça, le blessé. Y avait aussi les ambulanciers.

— Tu vois bien, dit le policier. T'aurais mieux fait de vider ton sac. On perd du temps pour rien.

— Ça tient pas debout, dit-il, ça se peut pas.

— Comment ça ?

— J'ai le droit de pas parler.

— Ben sûr, le jeune, tu parleras plus tard. Tiens. »

Et il lui offrit du feu. La cigarette tremblait entre ses lèvres. Il avait froid maintenant. Sa chemise était trempée. « Tu dis que ça se peut pas, reprit le policier, parce que tu l'as frappé par derrière, sans être vu, c'est ça ? » Mais il se taisait, l'air trop épuisé pour réagir. « Si on allait rue Wolfe, hein ? » proposa le policier. L'adjoint prit le volant. Les rues étaient désertes, les pneus chuintaient sur la chaussée. « J'espère que ton alibi est bon parce que le tribunal, en entendant la version des ambulanciers...

— Des ambulanciers de la police, dit-il.

— Leur parole doit valoir celle d'un potineur de ton espèce, tu penses pas ? Et dire que ma femme lit vos cochonneries, soupira-t-il.

— Terminus, dit l'adjoint.

— Attends-nous ici, on n'en a pas pour longtemps. »

Ghyslaine mit un temps fou à répondre. Elle clignait des yeux en essayant de se couvrir d'un drap. « Scusez-nous, dit le policier. On a une seule chose à vous demander, vous permettez ? » Et il entra en cachant son cigare dans le creux de sa main. Elle restait debout, sans les inviter à s'asseoir. « Vous avez passé la journée ici aujourd'hui ? Mais j'oubliais de vous demander si vous connaissiez ce gars-là.

— Oui, un peu.

— Aujourd'hui, vous étiez chez vous ?

— C'est-à-dire que j'suis partie travailler vers sept heures. j'ai dû revenir j'sais plus trop à quelle heure, avant cinq heures, en tout cas.

— Notre ami a passé la journée ici, d'après vous ?

— Difficile à dire...

— Vu que vous y étiez pas, oui, je comprends. Mais qu'est-ce que vous vouliez dire ?

— Je l'ai appelé vers deux heures. J'peux pas dire exactement. Entre deux et trois heures.

— Ah bon. Vous êtes sûre de ça ? C'est curieux parce qu'une autre de ses amies, vous la connaissez peut-être, une dénommée Élisa, prétend que monsieur est passé la voir à cette heure-là. »

Elle parut s'éveiller pour de bon, le visage empourpré. Le policier les observait tous les deux. « Pensez-y bien, mademoiselle, avant d'affirmer quelque chose. C'est très important. Votre ami risque d'être inculpé de meurtre. Peut-être qu'en cherchant bien vous vous rappellerez exactement ce qui s'est passé, par exemple que c'est lui qui vous a téléphoné et pas vous.

— L'Élisa en question doit avoir raison, dit-elle en mordant dans ses mots. Parce qu'à bien y penser c'est pas aujourd'hui que je lui ai parlé au téléphone, c'est hier.

— Seriez-vous prête à répéter ça devant le tribunal ?

— Si vous me le demandez, oui. »

Il y eut un silence embarrassant, chacun paraissant figé dans l'attente d'un dénouement quelconque. Ce fut le policier qui prit l'initiative : « Ce sera pas nécessaire, mademoiselle, notre ami commence à comprendre, pas vrai ?

— À comprendre quoi ? demanda-t-il d'une voix presque plaintive.

— Eh ben, mademoiselle, toutes mes excuses et bonne nuit », dit le policier en se dirigeant vers la porte. Ghyslaine leur tourna le dos sans même les saluer. Une fois dehors, le policier sortit son briquet et ralluma son cigare. L'autre en profita pour sortir son paquet de cigarettes et en allumer une. « Tiens, dit le policier en lui prenant le bras, des Philip Morris. C'est curieux...

— Comment ça, curieux ?

— On a justement trouvé un mégot de Philip Morris sur le balcon, chez Gadbois.

— Un mégot ? » demanda-t-il, l'air perdu et les épaules plus voûtées que jamais.

Le policier lui prit le bras et l'entraîna fermement vers l'auto. La portière claqua sourdement. « On y va, Luc. J'ai ma claque, pas toi ? » L'adjoint poussa un grognement d'assentiment. Les mains sur le ventre, l'autre se plia en deux et vomit entre ses jambes. « C'est vraiment salaud, c'que tu fais là, le jeune. Une auto flambant neuve... » Puis il baissa la vitre. L'adjoint roulait mollo. À les voir passer, on aurait pu croire que c'étaient des touristes en train de goûter la fraîcheur de la nuit.

Ricochets

François
HÉBERT

Je dégrisai rapidement quand je sortis du bar en apercevant deux agents qui, manifestement, cherchaient quelqu'un. Cependant, ce ne pouvait être moi. Je n'avais pas tué Zimmer. Et si je l'avais tué, comment l'auraient-ils su ? J'aurais bien caché le corps de ce vieux barbon, dans la remise derrière la maison par exemple, ou ailleurs. Oui, bien caché.

Non, ils ne m'avaient pas repéré. C'était un autre qu'ils cherchaient.

La nuit était tombée. Ou bien c'était couvert ? Les lumières de la rue Sainte-Catherine brillaient de tous leurs feux. J'hésitai. Rentrer ? J'ai une femme et trois enfants charmants, et qui m'aiment. Pourquoi donc Zimmer, le propriétaire du duplex dont nous occupions l'un des logements, pourquoi leur voulait-il tant de mal ? Pourquoi toujours dire à mon aîné de ne pas ranger son vélo dans le passage ? À la plus jeune de ne pas arracher les pissenlits du jardin ? Elle n'a même pas deux ans : comment saurait-elle (quand nous-mêmes, nous l'ignorons) ce qui est bien, ce qui est mal ? Ce n'est pas bien de voler le voisin, c'est entendu ; mais des pissenlits, tout de même...

Et pourquoi Zimmer (je m'en souviens très bien, c'était l'anniversaire de ma femme, le 24 avril), pourquoi avait-il (et pourquoi ce jour-là ?) égorgé notre chat ?

Certe, personne ne l'a vu, cet immonde sexagénaire, ficher le couteau *dans le cou de Douce* (c'était le nom de notre chatte), mais je savais que le coupable ne pouvait être autre que lui. Le fait que ce soit Zimmer lui-même qui ait découvert le cadavre, dans la remise, ne me trompa nullement.

« *What a shame !* » fut son seul commentaire. Pour un peu, il m'eût accusé, moi, de son crime ! Quel hypocrite ! Il tenait dans ses mains l'amas de poils ensanglantés. De la gluante masse, la petite tête de Douce pendouillait lamentablement. Si je n'avais pas été un homme calme, je l'aurais tué, lui, sur-le-champ, ce Zimmer de malheur qui par ailleurs s'apprêtait à nous annoncer une hausse de loyer exorbitante.

Le flot des voitures descendait la rue Sainte-Catherine. Comme si rien ne s'était passé quelques heures plus tôt. Or tel n'était pas le cas. Mais le fil des événements précédant ma cuite était coupé en plusieurs endroits, et je ne me souvenais plus très bien de ce que j'avais fait, sinon du caractère horrible de mes agissements. Moi qui suis si doux, j'étais donc sorti de mes gonds ? Et ensuite, oui, je m'étais enivré. Pour oublier. Et j'avais oublié. Mais les faits sont les faits et, tenaces, ils rappliquaient.

Ce que j'ai bu, ce soir-là !

Rentrer ? Pas question. Je me dirigeai vers un petit hôtel de passe et demandai une chambre.

— Seul ? me lança le tenancier, comme si c'était un crime.

— Non, j'attends quatre ou cinq fantômes, et voluptueux avec ça !

Un fou, dut-il penser, et je le comprends. Je montai à la 13. Parfaite, la 13, pour mes fantômes, me dis-je, mais cela ne me fit pas rire. Des râles me parvenaient de la chambre voisine : une femme semblait y agoniser. Évidemment, ce n'était pas le cas. Elle faisait semblant de jouir. Elle était payée pour ça. Je n'avais pas le coeur à ces jeux. Je m'assis sur le bord du lit, pris ma tête entre les mains et tentai de récapituler les événements de la soirée, en proie à un violent mal de tête et à la déchirante certitude que j'avais commis un acte irréparable, moi, *moi*, pourtant un homme si tranquille, un employé modèle des Postes, un mari honnête et un père affectueux.

Or ma mémoire me jouait un vilain tour : qu'avais-je donc fait, nom de Dieu ? À cinq heures, j'avais quitté le bureau, comme chaque jour : ça, c'était sûr. Et j'étais rentré à la maison. Ensuite, c'était moins clair.

L'image de Zimmer me revint : son ombre se projetait sur les murs et le plafond de la cage de l'escalier, et il brandissait au-dessus de moi quelque objet, long et brillant, qui pouvait être un pic à glace.

Non, non ! Ce n'est pas vrai, ce n'est pas arrivé ainsi. Quel maléfice s'emparait de mon imagination ? Je ne parvenais pas à me rasséréner : si cela n'était pas vrai (et cela ne l'était pas), en revanche, quelque chose l'était, et qui n'était pas moins horrible, et m'angoissait terriblement.

Ma main ensanglantée ! Voilà ! Je la revoyais, maintenant, très clairement, et surtout ce détail : le sang séché sous mes ongles. Je me ressaisis et m'efforçai de raisonner calmement. Pouvais-je, moi, un homme posé, discret, respectueux des autres et des convenances, avoir tué quelqu'un ? Fût-ce cette vieille loque de Zimmer ?

Non.

C'est ça : à cinq heures, j'étais rentré et j'avais croisé sur le perron Zimmer qui sortait et qui m'avait fait une remarque, évidemment désagréable. À quel sujet ? Trou de mémoire. En tout cas, j'avais failli le frapper, par une de ces impulsions, rares chez les gens de mon espèce, mais d'autant plus violentes qu'elles sont inopinées. Il avait tiré un revolver de sa poche (un .38, comme celui que nous avons au bureau) et l'avait braqué sur moi.

Non. Je mens. Ce sinistre vieillard, ce cadavre ambulant, à ma connaissance, n'avait pas de revolver. S'il en avait eu un, pourquoi l'eût-il porté sur lui cette fois-là ? À moins qu'il n'ait prémédité quelque chose ? Et de toute façon, c'était un lâche, et il n'eût pas osé brandir contre moi une arme, quelle qu'elle fût.

Donc, il n'y eut qu'une escarmouche verbale, comme il y en avait tant eu entre lui et moi, et sans conséquence notable, du moins en cet instant-là, sur le perron. Et j'étais entré chez moi.

Non, je n'étais pas entré chez moi ce soir-là. En effet, je m'étais plutôt dirigé vers le bar, ce même bar d'où je suis sorti tantôt (tantôt ? non, il y a six ans), avant de me réfugier dans cette chambre d'hôtel. Minable, soit dit en passant. Et donc (soyons logique, sans quoi je n'arriverai jamais à démêler l'écheveau des circonstances du crime que j'ai commis dans la soirée du 24 avril 1980), donc, je n'aurai pas rencontré Zimmer sur le perron ce soir-là. Mais un autre soir ? Peut-être.

Quand on y pense, quoi de plus simple que de tuer un homme ! Et j'avais un mobile : ma haine pour ce gredin. Avais-je raison de le haïr ? C'est une autre question. Même la patience des plus patients a ses limites. Cela faisait des années que le vieux nous enquiquinait, moi, ma femme et les petits. Pourquoi ? Pourquoi nous haïssait-il, nous, une famille ordinaire, pas bruyante, propre, payant le loyer rubis sur l'ongle ? Aucune de ses tracasseries ne suffisait à me transformer en criminel ; mais toutes, *ensemble ?* D'ailleurs, à partir de quel seuil un mobile devient-il suffisant pour pousser un être normal, comme je crois l'être, à tuer son prochain ? Zimmer ne m'a jamais trompé avec ma femme, que je sache. Impensable. Il ne m'a jamais menacé physiquement, ni mes enfants. Le cas échéant, l'aurais-je supprimé ? Non. Les crimes passionnels m'ont toujours paru ridicules, le fait de faibles ou de fous. L'argent ? Je ne sais si Zimmer en cachait chez lui. Et puis je ne m'intéresse pas à l'argent, pas beaucoup. J'en ai un peu, assez.

Mobile donc : la haine. Mais le mobile de ma haine ?

Les râles dans la chambre voisine ont cessé. Un bruit de robinet : elle se lave.

De raisonnement en raisonnement, j'écartai toutes les raisons plausibles de détester Zimmer, et il y en avait ! Hélas, je me soupçonnais toujours, et très sérieusement, de l'avoir assassiné, mais j'en cherchais encore la preuve. Ma mémoire défaillait.

Un seul mobile, à vrai dire, résista à mon scalpel. Il est délicat à exposer : je déteste les Anglais. Ils ont tout, ce sont les maîtres du monde. Par exemple, Zimmer possédait la maison dans laquelle nous vivions. Y a-t-il là matière à meurtre ? Certainement pas.

Et pourtant, je tuai Zimmer. Je le confesse. Je le sais aujourd'hui. Mais dans ma chambre d'hôtel, le soir du 24 avril 1980, si je m'en doutais déjà, je n'en avais pas encore la preuve, tangible et irréfutable.

Bien entendu, nul autre qu'un fanatique (ce que je n'ai jamais été) ne saurait trucider son voisin pour la seule raison qu'il parle une autre langue que lui. Mais j'en suis sûr : ce fut bel et bien mon mobile. Je ne demande pas qu'on me pardonne. J'essaie seulement de m'expliquer.

La porte de la chambre voisine claqua. Je supposai (sans mérite : c'était plus facile que de reconstituer les événements antérieurs) que la prostituée et son client s'en allaient.

Zimmer ne m'adressait la parole qu'en anglais, et je lui répondais invariablement en français. Il connaissait ma langue, et moi la sienne. Donc, nous nous comprenions. Apparemment. J'insiste sur le fait que ma haine pour lui ne venait que de là, de notre différence linguistique, dont le reste découlait, et non du fait que j'étais jeune et lui âgé, moi athée et lui juif, moi de condition modeste et lui relativement riche, moi marié et père de famille et lui célibataire, etc. À moins que je ne me leurre ? Je ne crois pas. J'ai eu le temps d'y penser, depuis six ans ! Toutes nos différences se ramenaient à une seule : *la langue*. J'étais exaspéré. Nous semblions communiquer ; en réalité, nous émettions des signaux sur des longueurs d'onde parallèles et qui, en aucun point, ne se recoupaient. Jamais. J'insiste : *jamais*.

Bien sûr, si je le tuai, ce fut sur un coup de tête, comme distrait de mes occupations habituelles. Plus tard, le mobile profond m'apparut. C'est que ma raison, ma raison profonde, refusait de se plier à ce... comment dire ? à cet ordre des choses, à cette loi du destin, pour ne pas dire à la volonté de Dieu, en qui je ne crois pas. Ce qu'est un meurtre, nulle langue ne le peut dire mieux qu'une autre. D'ailleurs, *voir le meurtre* suffit ; les paroles sont superflues. À l'époque, je ne comprenais pas bien tout cela.

Ensuite, on m'interna. On me considérait comme fou, ce que, sans doute, je parus être ; et moi-même, je crus l'être ; mais je ne l'étais pas, j'en suis sûr aujourd'hui : mon mobile et mon crime furent redoutablement logiques. Une mise en garde ici s'impose : si je révèle tout cela, ce n'est pas pour qu'on m'imite, mais pour qu'on me comprenne, si cela se peut. Si seulement je savais à qui je m'adresse ! Si (ça fait beaucoup de « si », d'hypothèses, mais comment comprendre autrement ?), si à l'époque j'avais compris, je ne me serais pas, si je puis dire, imité moi-même.

J'étais ainsi dans la chambre d'hôtel à essayer de reconstituer les pièces du puzzle, et je regardais sans la voir la notice sur la porte (qui indiquait le prix de la chambre (13$), quoi faire en cas d'incendie, etc.) quand soudain me traversa, après l'image de ma main ensanglantée, celle de *la langue coupée de Zimmer*, tombant dans l'escalier comme un petit morceau de viande sur lequel ma chatte (si elle eût été encore vivante) se fût probablement ruée. Image horrible ! Mon esprit la refoula aussitôt.

Je n'avais certainement pas coupé la langue de Zimmer. J'étais bien incapable de pareille atrocité. Si j'avais imaginé cette scène, c'est que *le désir* de la lui couper m'était venu, mais le seul désir, et je n'étais pas passé à l'acte. Certainement pas. Je suis un doux, je le répète, malgré mes idées et mon imagination. Je crois que si j'avais dû couper la langue de Zimmer, j'eusse préféré me couper la mienne. (Est-ce sûr ?)

Toujours est-il que de cette seconde image, celle de la langue coupée, succédant à la première, celle de la main ensanglantée, et qui n'étaient ni l'une ni l'autre, je le sentais, fidèles aux faits, me mit sur la piste de ce qui s'était réellement produit dans l'escalier mitoyen du duplex, le 24 avril 1980, vers 5 h 30. Quand j'étais entré (en réalité, je n'étais pas allé au bar dès 5 h 30, mais plus tard, sans doute), j'avais vu Zimmer en train de décacheter une lettre qui m'était adressée, et si j'ignorais le contenu de la lettre, son seul geste m'avait horripilé, et encore aujourd'hui m'emplit d'horreur : je frappe Zimmer *à la tempe*, avec ma boîte à lunch (elle est de métal), et l'ignoble sexagénaire s'écroule presque instantanément. Ouvrir la lettre d'autrui : a-t-on idée ? Pire crime est-il imaginable ? (Suis-je fou ?) Au procès, le juge compara ma boîte à lunch avec une brique de la tour de Babel. Je le trouvai toqué. Aujourd'hui que j'y réfléchis, j'en suis moins sûr. C'était plutôt moi, le toqué, à l'époque. Maintenant, je suis interné et ce n'est que justice (même si j'ai, je crois, recouvré la raison). Je suis un patient docile. Zimmer est mort. On m'aime. Tout est dans l'ordre.

J'étais donc toujours dans ma chambre d'hôtel à me remémorer les faits survenus au cours de cette soirée, si décisive dans ma vie, d'avril 1980. Du bruit, des cris me parvinrent du couloir, auxquels je ne prêtai guère attention, étant accaparé par ma propre affaire, dont la mémoire, par bribes, me revenait. Je revoyais clairement la tempe ensanglantée du vieux Zimmer, sa tête qui gisait dans une flaque de sang, à côté de la lettre sur laquelle une tache rouge faisait comme un sceau. Pour le reste, c'était encore assez confus : ma femme, alertée par le bruit, ouvrant la porte au faîte de l'escalier, et criant, et enjoignant les enfants de ne pas regarder, et ses larmes, et moi, figé là, ne sachant que dire, que faire, étonné (le premier) d'avoir agi ainsi, et puis la police, appelée par moi-même enfin, les barreaux, l'enquête, la cour, les psychiatres, etc.

— Vous l'avez tué parce qu'il a ouvert votre lettre ?

C'est ce que m'a demandé, perplexe, l'inspecteur. Que répondre à cela ? C'est ce que j'avais fait, non ?

— Prouvez le contraire ! répliquai-je, plutôt bêtement.

Au procès, la couronne démontra que j'étais fou et, comme je l'ai dit, à la fin on m'interna. Quelle est la différence entre une prison et un asile ? La même qu'entre un hôpital et un hôtel. Il n'y en a pas. À l'époque, j'aurais vu les différences. Aujourd'hui, je ne sais plus. Maintenant, je ne fais plus la différence entre ces institutions, pas plus qu'entre une main et une langue, entre Zimmer et moi. Je suis mort, pour ainsi dire. Zimmer m'a tué, pour ainsi dire, par ricochet. C'est l'évidence. L'obscure clarté. Tout concorde. Je l'ai tué, il m'a tué.

Je poursuivais mes raisonnements et j'arrivais à la conclusion, heureuse pour lui, mais moins pour moi, que Zimmer, s'il m'avait tué, ne pouvait pas être mort, lui. Et vice-versa. Quand on frappa à la porte de ma chambre ! Deux policiers entrèrent et me mirent des menottes. Je ne comprenais plus rien à rien. Ils m'apprirent que la prostituée d'à côté avait été assassinée. Donc, seul son client était reparti quand j'avais entendu la porte claquer. Je fus inculpé. L'hôtelier témoigna contre moi : la fille était montée avec moi, il avait entendu des cris, etc.

Diable ! Si ce n'était pas une conspiration, tout ça, eh bien ! moi, j'étais Hamlet ! (J'ai eu le temps de lire pas mal de choses, depuis que je végète ici.)

En réalité, disons-le franchement : rien de tout cela n'arriva. Rien ? Je veux dire que la fille d'à côté n'avait pas été assassinée, et que la police ne frappa jamais à ma porte. J'étais assez confus, ce soir-là, comme on le voit. Je dégrisais mal, je suppose.

Et c'est alors que me revinrent à l'esprit les circonstances du massacre. Vers 5 h 30, le 24 avril 1980, je rentrai chez moi, fourbu. Ai-je dit que c'est moi qui, au bureau de poste, suis chargé de trier le courrier difficilement acheminable : adresses illisibles, inexistantes, etc.? Mercure en personne s'y perdrait, sans parler de Champollion. Ce jour-là, j'avais réussi un exploit : j'avais déchiffré une adresse incroyablement confuse. La lettre en question, c'était la mienne, c'est moi qui l'avais écrite et elle m'était adressée ! (Si ces détails peuvent aider à éclaircir mon cas...) Peu importe. En rentrant, J'AI TUÉ MA FEMME ET SES TROIS ENFANTS ! Cela ne fait aucun doute. Comment ? Est-ce que cela importe ? Ils sont morts. Moi, je suis vivant. C'est cela, l'essentiel. Et c'est horrible, j'en conviens, et inadmissible.

C'est alors que, dans la chambre d'hôtel, seul comme un palmier sur une île déserte du Pacifique, je pris conscience du fait que j'étais devenu *pareil à un dieu !* Évidemment, un dieu est athée, il est cruel et *n'a aucun mobile.* Un dieu est pur, et tout pur est un dieu. Tout dieu est aussi un satan.

— De quel droit me jugerez-vous ? osai-je demander, d'une voix douce, au juge interloqué.

Ma femme et mes enfants, je venais ainsi de les tuer parce que je les aimais, aussi bizarre et inhumain que cela puisse paraître à certains. Je les voyais vieillir, je ne pouvais tolérer cela. De tout cela, je pris une conscience aiguë dans la chambre d'hôtel. Et je décidai de rentrer enfin à la maison.

Donc, j'étais bel et bien allé au bar et à l'hôtel avant de rentrer à la maison ? Et donc, je n'avais *pas réellement, pas encore* commis le meurtre dont je m'inculpais !

J'étais vide enfin de toute passion, libéré de toute inhibition, doucement et froidement déterminé à tuer ma famille, et Zimmer, et la chatte, sans mobile, pour me prouver à moi-même que j'existais, vérifier par l'acte la possibilité du *mal gratuit*, d'un mal pur, sans raison (si ce n'est a posteriori), d'un mal qui soit, si je puis dire, un mal pour un bien...

Je regagnai ma voiture et démarrai. Je ne vis pas une autre voiture déboucher d'une ruelle, et la collision eut lieu.

Voilà ce qui est arrivé. C'est consigné dans un procès-verbal de la police de Montréal. Curieusement, le document ne dit pas que la collision est survenue devant le numéro 936 de la rue Sainte-Catherine (ce qui confirmerait ma version des faits, ma « fiction » diriez-vous), mais devant le 110, c'est-à-dire presque en face du bureau de poste où je travaillais ; et non à 5 h 30, mais à 5 h 10 ; détails qui prouvent hors de tout doute que l'accident est survenu à la sortie du bureau, et que je n'ai pas eu le temps, entre 5 h et 5 h 10, de rentrer à la maison et de tuer Zimmer, ni ma famille, ni même quelques deux ou trois d'entre eux ; ni non plus de me rendre au bar, de me saouler et de me réfugier dans une chambre d'hôtel. Tout au plus ai-je pu, en dix minutes, en concevoir le projet, dans ses grandes lignes. Les désirs sont plus vifs que les couteaux, les balles. Et *tout mobile*, en soi, *est le crime :* le reste n'est qu'exécution.

Un accident est si vite arrivé. Il y en a qui croient que les accidents de la route sont des *accidents*. J'ai vécu longtemps dans le coma, je n'ai jamais totalement recouvré la mémoire, et j'ai perdu l'usage de mes deux jambes. Je ne puis me résoudre à croire que cet accident m'arriva *par hasard*. Non, je ne le puis. Le destin, dit-on. Eh oui. Depuis six ans, je vis dans ce satané hôpital, et le voudrais-je que je serais incapable de faire le moindre mal à une mouche. Ma femme et mes enfants (*pas Zimmer*, heureusement !) viennent régulièrement me visiter. Pour passer le temps, j'écris des lettres. J'espère qu'ils ne les liront jamais, les pauvres ! Il faut dire que je ne les poste pas. Il est donc impossible qu'on me lise. Mais sait-on jamais ? Il n'y a pas de crime parfait. Oui, des lettres *à personne*. Fin de celle-ci.

Le Règlement de comptes

Pan
BOUYOUCAS

— Oh, merde ! dit le sergent-détective Legros, en reconnaissant le visage qui trempait dans l'eau sale, maintenant teintée de rouge, du bassin du parc Saint-Viateur à Outremont. Merde !

J'eus l'impression qu'il allait éclater en sanglots. Son infect cigare planté entre ses lèvres minces, les bras branlants, il fixait le fond du bassin comme s'il voulait y plonger. Le ciel, ce matin, aurait dû être couvert. Moins par respect pour Phil Marleau, que l'on étendait maintenant sur le gazon, que par pitié pour Legros. Mais, narquois, le soleil fit étinceler son crâne dégarni, m'éclaboussant, moi, de lumière, comme pour m'arracher à cette brève et futile rêverie sentimentale. Je mis un genou en terre.

— Poignard, dis-je. Deux coups dans la nuque. Trois dans le dos.

Puis je m'occupai à fouiller le cadavre.

— C'est tout ? gémit Legros en regardant le mouchoir dégoulinant que je tenais du bout des doigts.

Son dos s'arrondissait à vue d'oeil. Pauvre Legros. Il s'attendait peut-être à une note d'adieu. En plus de vendre de la drogue aux enfants pauvres de son quartier et de cambrioler les maisons riches dans d'autres, Marleau se faisait parfois indicateur, et il devait, d'un jour à l'autre, aider Legros à démanteler un important réseau montréalais de trafiquants d'héroïne, offrant à ce dernier le plus beau coup de sa carrière, à la veille de sa retraite. Voilà ce que ça donne d'attendre bêtement trente-cinq ans que la chance vous sourie. Tant pis.

— C'est probablement un règlement de comptes qu'on a essayé de faire passer pour un vol, hasarda un des agents rassemblés autour de moi, espérant que je leur crache sur-le-champ le nom du coupable.

Je les avais gâtés. Mais, une fois de plus, je n'allais pas les décevoir.

— Allez donc fouiller le cristie de parc, cria Legros, au lieu de vous prendre pour d'autres ! Et demandez au gardien de vider le bassin.

Les agents s'en allèrent en bougonnant passer le parc au peigne fin.

— Pendant que vous y êtes, leur dis-je, vérifiez les crottes de chien.

Legros me regarda de travers. Je lui indiquai la tache que portait, à l'endroit du genou gauche, le pantalon de Marleau.

— Il est tombé sur le gazon, expliquai-je, avant de se traîner jusqu'au bassin. Il serait peut-être utile de savoir où exactement.

— Tu voudrais pas qu'on y goûte aussi, répliqua-t-il, question de s'assurer qu'il s'agit bien de la même crotte ?

Ma présence sur les lieux d'un crime commençait — et c'est le cas de le dire — à l'emmerder. En tant qu'adjoint, j'avais réussi, en moins de six mois de métier, à résoudre trois règlements de comptes qu'il avait jugés « impénétrables », et à me bâtir une réputation aussi mirobolante que la sienne était médiocre.

— Ma foi, non, dis-je. Si ça devient nécessaire, les gars du labo s'en occuperont.

On ne trouva aucun indice. À part la crotte de chien qui portait encore l'empreinte du genou de Marleau. Elle séchait à l'extrémité sud-ouest du parc, à trois pas d'une rangée de buissons et à deux mètres de l'avenue Bloomfield.

— C'est sûrement un règlement de comptes, soupira Legros. Ces gars ne laissent jamais d'indices. Marleau s'en venait probablement me voir — j'habite à deux rues d'ici —, et on lui a fermé la trappe pour de bon.

Les agents se tournèrent vers moi. Allais-je corroborer ou, une fois de plus, réfuter la déduction de Legros ? Je gardai un moment le silence, autant par goût du suspense que pour donner le temps aux reporters, que je voyais franchir l'entrée du parc, d'arriver jusqu'à nous.

— Il s'agit peut-être d'un règlement de comptes, dis-je enfin, mais tu connais beaucoup de meurtres, Legros, qui ne le sont pas ? On tue généralement pour régler une question à laquelle on ne trouve pas d'autre solution. Alors ne nous hâtons pas de classer celui-ci comme « impénétrable », et laisser courir un autre meurtrier, tout simplement parce que Marleau ne nous est plus d'aucune utilité. Tout de même.

Ceux qui doutent que le flic et le tueur sont deux profils du même homme auraient dû voir le regard que me lança Legros en serrant, livide, les mâchoires et en s'imaginant probablement que mon cou avait un goût de cigare éteint.

— Et comment notre brillante jeune vedette se propose-t-elle de découvrir le ou les coupables ? En arrêtant tous ceux qui en voulaient à Marleau ? Il s'agit là de presque toute la pègre montréalaise !

Alors, il avait vu et n'avait manifestement pas encore digéré l'émission *Gens du pays* où, l'avant-veille, je faisais comme invité mes débuts à la télévision. J'avais pourtant pris soin de placer un bon mot ou deux à l'égard de mes confrères anonymes mais besogneux. Que les gens sont ingrats.

— Ce n'est pas un coup de la pègre, dis-je. Ces messieurs ne sont pas des charcutiers amateurs, mais des tireurs professionnels. Qui, de plus, tiennent à laisser leur signature afin que la mort de chaque indicateur serve d'avertissement à tous les autres.

— Il a raison, sergent, dit un autre agent.

— La ferme ! vociféra Legros. Et va empêcher les enfants d'approcher du cadavre.

En effet, des enfants arrivaient joyeusement par petits groupes, pour jouer, se battre ou fumer. Mais voilà que l'un d'eux me reconnut, soit pour m'avoir vu à la télé ou sur la couverture d'*Allô Police*, et, suivi des autres, il courait vers moi, me suppliant de lui signer un autographe.

— Laissez les enfants venir à moi, dis-je en avançant vers eux, les bras ouverts, brandissant déjà mon stylo-bille de quatorze carats.

Les enfants et les reporters se bousculèrent autour de moi. Un transistor émettait une forte musique rock. Le soleil rayonnait de plus belle. Je me sentais bien.

— Alors, dit le reporter d'un poste radiophonique, vous tenez une piste ?

— J'en entrevois une, dis-je, en signant tout ce qui me tombait sous la main. À mon avis, ce meurtre est relié à un coup que Marleau a fait ou qu'il se proposait de faire dans le coin.

— Vous croyez qu'il a été tué par un compagnon de cambriolage ?

La musique s'étouffa brusquement, sur l'ordre de Legros.

— Marleau travaillait toujours seul, dis-je. Comme on le faisait dans le bon vieux temps. De plus, il était toujours armé d'un

.22, et ce n'était pas un gars qui avait froid aux yeux. Conclusion : le coupable pourrait être une femme à qui il aurait donné rendez-vous ici et qu'il ne soupçonnait guère d'être d'aussi mauvaise humeur ou aussi farouche. Surtout que la nuit dernière était d'une douceur tout orientale. C'est tout pour le moment, messieurs. Ah, j'allais oublier : dorénavant, j'aimerais choisir moi-même les clichés que vous publierez de moi. Et du sergent-détective Legros, bien sûr.

De nouveau, Legros changea de profil, à quelques pas de moi.

Legros remâchait encore sa rancoeur quand un ascenseur nous déposa, une heure plus tard, dans un long couloir puant la friture. Il sortit de sa poche un passe-partout et chercha la porte 43. Je lui emboîtai docilement le pas. Non parce que j'espérais découvrir quelque indice que ce soit chez Marleau — en vrai professionnel, il ne devait rien garder chez lui qui puisse l'incriminer —, mais parce que cette fouille était de rigueur et qu'il me fallait encore obéir aux ordres de Legros.

— Sors ton feu, me dit-il, en s'arrêtant devant la porte 43.

— Pourquoi ? Marleau habitait seul. Et si quelqu'un voulait faire disparaître toute preuve de votre enquête, il avait toute la nuit...

— C'est fou comme tu as toujours une réponse à tout.

Mais l'imprévu ? À peine Legros introduisit-il le passe-partout dans la serrure que la porte s'ouvrait toute grande.

— Phi... dit une jeune fille nue.

Pris de court, je restai un moment bouche bée. Un moment de trop, qui aurait pu s'avérer fatal. Ça me servira de leçon. Le temps de m'en remettre et de dégainer, la porte était refermée, verrouillée, cadenassée. Alors que la petite salope appelait au secours !

Pour toute réponse, je défonçai le battant, revolver au poing, prêt à tirer. Mais voilà que Legros me poussait brusquement de côté, et la balle alla brûler le tapis, au pied d'une table basse en verre, posée au centre du petit salon. La fille hurlait maintenant.

— Félicitations, me dit Legros. Qu'est-ce que tu essaies de faire ?

— C'est toi qui as fait partir le coup, ripostai-je, bouleversé.

Je rengainai mon arme, puis je flanquai à la petite — qui avait à peine vingt ans — deux gifles magistrales à lui couper le souffle un bon moment. Le temps de reprendre mes esprits.

Legros parcourut le sombre trois-pièces, regardant même derrière les rideaux, tous tirés, pour s'assurer que la fille s'y trouvait seule.

— Du calme, poupée, dis-je enfin à la fille, en l'asseyant dans un fauteuil. On est des amis de Phil.

— J'espère qu'elle lit les mêmes romans policiers que toi, me lança Legros, en me tendant une robe de chambre. Mets-lui ça.

— Non, dis-je. Elle est plus vulnérable comme ça.

— C'est fou tout ce qu'on apprend au cinéma ces temps-ci.

C'était lui qui commençait à m'emmerder. Mais je refusai de perdre mon sang-froid. Ce n'était pas le moment. Je m'accroupis devant la fille, lui refermai les cuisses maigres et blanches du bout des doigts, puis je sortis le paquet de cigarettes et le briquet en or que je gardais toujours sur moi pour de semblables occasions, car je ne fumais pas.

— Tiens, fume une cigarette, dis-je, en prenant un ton amical.

Elle repoussa ma main. Son avant-bras portait des traces de piqûres. Une cliente de Marleau, qui ne le payait pas en espèces. Le coeur me leva rien qu'à y penser. Je lui tordis le bras.

— Écoute, ma petite plotte, dis-je entre les dents. Compte-toi chanceuse que je sois là. Car tu sais ce que mon ami, le sergent-détective Legros, que tu vois ici, fait avec des petites droguées comme toi ?

Soudain, la fille s'anima. Et, prise de panique, elle bondit vers la porte. Legros essaya de la rattraper.

— Touche-moi pas, mon hostie ! lui cria-t-elle, toutes griffes sorties.

Je la laissai se défouler un moment, avant de l'arracher à Legros, l'empêchant de mener à terme sa petite chirurgie faciale qui promettait d'être tout autre qu'esthétique. Je lui coinçai les mains dans le dos, et pendant qu'elle dévidait, hystérique, son long chapelet de jurons en honneur de mon collègue, je chuchotai à ce dernier :

— On dirait qu'elle n'aime pas ton profil. Va fouiller la chambre. Je m'occupe d'elle.

Legros hésita. Puis quitta la pièce, en palpant sa joue droite égratignée.

— Du calme, bébé, dis-je à la fille, en la poussant dans le fauteuil. Du calme, que diable ! Je m'accroupis de nouveau devant elle pour lui murmurer doucement : Écoute, je ne suis pas beaucoup plus vieux que toi, et je comprends, moi, que le monde n'est pas toujours comme on le souhaiterait, qu'il nous faut parfois l'inventer, et qu'il n'est pas facile de le faire seul. Malheureusement, notre ami Phil ne pourra pas te venir en aide pendant un bout de temps, mais je pourrai, moi, te trouver de quoi te divertir. C'est fou tout ce qu'on finit par ramasser dans un poste de police.

Enfin, elle prit la cigarette et me regarda dans les yeux.

— En retour de quoi ? dit-elle en écartant légèrement les cuisses.

— En me disant, par exemple, depuis quand tu es ici.

— Bien, depuis hier soir. J'ai rencontré Phil dans un bar de la rue Saint-Denis, on a pris quelques bières ensemble, puis il m'a donné sa clé et m'a dit de venir l'attendre ici. C'était vers minuit. Il s'en allait me chercher de quoi me piquer, puis voir quelqu'un à Outremont, et revenir ici vers deux heures.

— Voir qui à Outremont ? dis-je, le coeur battant la chamade.

— Tu le sauras quand tu reviendras avec la poudre.

J'aurais pu lui tordre le cou. Mais je me contrôlai. Me menait-elle en bateau ? Son regard était trop vide. Et je ne pouvais pas passer la journée accroupi devant elle, à la regarder dans les yeux. Il me fallait agir. Vite.

— Je reviendrai dans une heure, dis-je. Bouge pas d'ici.

— J'espère que votre visite a été plus fructueuse que ça, dit le caporal Poirier en nous voyant entrer au poste.

Dans la quarantaine, légèrement empâté, les cheveux teints et bien lissés, et les épaules pelliculeuses, Poirier faisait encore équipe avec Legros lorsque je le remplaçai quatre mois plus tôt.

Legros prit le rapport médico-légal que lui tendait Poirier et me le passa sans même le regarder.

— Tiens, me dit-il. Amuse-toi.

Et il s'en alla, traînant le pas, se verser une tasse de café.

— Qu'est-ce qu'il a ? me demanda Poirier.

— Il est un peu déprimé. Non seulement il n'a rien trouvé chez Marleau, mais sa blonde, qui avait passé une nuit blanche à l'attendre, lui a égratigné la joue en apprenant que nous étions de la police.

— Farouche, hein ? Ça pourrait être elle, la femme...

— Non. Elle avait l'air trop surprise de ne pas voir arriver Marleau. Toutefois, elle nous a dit que Marleau avait rendez-vous, entre minuit et deux heures, avec quelqu'un d'Outremont.

— Qui ?

— Marleau n'était pas du genre à se vanter de ses exploits professionnels à la première venue. Surtout à une narcomane.

— Alors, le sergent avait raison. C'est lui que Marleau s'en allait voir. Il a téléphoné ici hier après-midi pour lui parler, puis...

— Marleau m'a téléphoné ? dit Legros en s'arrêtant devant Poirier, une tasse de café dans la main.

Je m'occupai à lire le rapport médico-légal.

— Ben, oui, sergent, enchaîna Poirier. J'ai dirigé l'appel dans votre bureau.

Je levai les yeux. Ceux de Legros étaient braqués sur moi.

— Tu venais de partir, lui dis-je. Et si je ne t'en ai rien dit, c'est parce que tu ne m'en as pas parlé, toi. J'en ai conclu que Marleau n'avait pas essayé de te rejoindre chez toi. Donc ça ne pouvait pas être si urgent. Il aurait suffi alors que je t'en parle ce matin pour que tu déduises qu'il s'en venait te voir et que tu considères sa mort comme un règlement de comptes. Or, je suis convaincu maintenant que ça ne l'était pas.

— Parce que la fille t'aurait dit que Marleau avait rendez-vous avec quelqu'un qui habitait Outremont ?

— Ça d'abord et puis surtout ce que nous apprend ce rapport.

— Mais il ne vous apprend rien de nouveau, dit Poirier. Vous saviez déjà que Marleau est mort entre minuit et deux heures et que l'arme du crime était un poignard. Puis il y a quelque chose à propos d'une crotte de chien. C'est tout.

Je dodelinai de la tête. Comme Legros, Poirier était de ces policiers pour qui l'étape la plus palpitante de toute enquête est la

149

découverte du cadavre. Le reste n'est que fastidieux tâtonnements où l'on tourne souvent en rond, de préférence autour de son bureau. Pas le moindre suspense. Rien. Dieu, quel ennui ! Heureusement que je m'en étais rendu compte avant de me laisser embourber dans l'existence prosaïque d'un décodeur de charogne et d'un flaireur de pistes.

— Pas tout à fait, Poirier, dis-je. Selon le rapport, la mort est survenue entre une heure et deux heures du matin. Quant à l'arme du crime, c'était certes un poignard, mais un poignard à lame recourbée — comme ceux des Orientaux —, longue d'environ vingt centimètres. Enfin, pour ce qui est de la crotte de chien, l'empreinte qu'y a laissée le genou de Marleau indique que ce dernier faisait face à la rue, plus précisément au côté sud de l'avenue Bloomfield, lorsqu'il est tombé. Que faisait Marleau, debout au coin d'un parc, à une heure du matin ? Attendait-il quelqu'un qui devait venir du côté sud de l'avenue Bloomfield, donc du côté de l'intersection de Bloomfield et de la rue Saint-Viateur ? Et comme nous savons que Marleau n'était pas né d'hier, il est difficile d'imaginer qu'il se serait laissé avoir par un petit voyou armé d'un poignard, à moins que l'individu qu'il attendait se soit déjà trouvé dans les buissons et qu'il l'ait pris par surprise. Enfin, où avez-vous déjà vu, messieurs, des poignards orientaux, plus précisément à Outremont, aux environs de l'avenue Bloomfield ?

Soudain, le visage de Poirier s'illumina. Tant mieux. Ça finit par nous jouer de mauvais tours de toujours donner toutes les réponses et faire sentir aux autres qu'on est plus fin qu'eux.

— Bien oui ! s'exclama Poirier. Il y a environ cinq mois, dans cette maison de la rue Saint-Viateur, où on enquêtait sur la mort d'une vieille femme riche survenue lors d'un cambriolage. C'était à deux pas de l'avenue Bloomfield.

— Je vous accompagnais tous deux à ce moment-là, dis-je, pour mieux apprendre le métier. Et, si je me rappelle bien, vous aviez trouvé ça louche ; *primo*, que le cambrioleur ait cru nécessaire de défoncer le crâne — par derrière — d'une vieille femme presque aveugle et ligotée de la tête aux pieds, et *secundo*, que le fils de cette dernière, un homme de trente-cinq ans, qui promenait son chien, comme tous les soirs entre une heure et deux heures du matin, ressorte sur le balcon, au moins deux minutes, selon une voisine insomniaque, après être rentré dans la maison, pour alerter les voisins, criant et pleurant comme une petite fille.

150

— Bien, c'était une tapette, dit Poirier. Et sa mère, qui venait de découvrir que les sorties nocturnes de son fils n'étaient pas consacrées uniquement à soulager le chien, le menaçait depuis quelque temps, toujours selon la même voisine, de le déshériter.

— Nous avions demandé à Marleau s'il avait fait le coup. Il nous a dit que non, mais qu'il connaissait l'auteur du cambriolage et que ce dernier lui avait juré que la femme était encore vivante lorsqu'il s'est sauvé au retour du fils. Malheureusement, le copain de Marleau a refusé, pour des raisons bien évidentes, de se porter témoin, et, n'ayant aucune preuve contre le fils, vous aviez laissé tomber l'affaire.

— Et quel rapport tout cela a-t-il avec la mort de Marleau ? me demanda Legros, en me considérant d'un oeil qu'il voulait pénétrant.

C'était une vieille maison unifamiliale en brique rouge et à deux étages, bien entretenue et entourée d'un charmant petit jardin. La porte du garage était ouverte. Ainsi que celle du porte-bagages de la Porsche mauve, flambant neuve, qui y était garée. Deux valises, neuves aussi, y avaient été posées.

— Tiens, me souffla Poirier. On se prépare à quitter la ville.

— Un point pour nous, dis-je en contrôlant mon sourire. Au fait, Poirier, pourquoi ne vas-tu pas te poster à l'arrière de la maison, au cas où notre ami déciderait de nous fausser compagnie par la porte de service ? Et pendant que tu y es, fouille un peu dans le jardin.

— Ah ! dit Legros, vaguement ironique, après avoir gardé le silence durant tout le trajet. Le coup du poignard enterré dans le jardin ?

— Pas exactement, répliquai-je d'un ton neutre. Si c'est une pièce de collection, il n'a pas dû résister à la tentation de la laver et de la ranger avec les autres. Il aurait plutôt enterré les choses prises à Marleau en se disant qu'il pourrait ainsi brouiller les pistes.

Je gravis les trois marches menant à la porte d'entrée et j'attendis que Poirier ait contourné le garage avant de presser le bouton. Legros me rejoignit, pensif.

— Monsieur Marc Boland, bonjour, dis-je en souriant. Vous vous souvenez de nous ? Nous avons du nouveau. Pourrions-nous entrer un moment ?

— Bien, bégaya-t-il en faisant un pas de côté. Je croyais que j'en avais fini avec toute cette horrible histoire.

— Pas nous, dis-je en franchissant le hall d'entrée. Il y a eu un meurtre ici et nous n'avons pas encore mis la main sur le cambrioleur. Et aujourd'hui, j'ai le plaisir de vous annoncer que nous l'avons trouvé.

Je ne m'arrêtai pour lui faire face que dans le salon, une pièce vaste et luxueuse mais sombre, car ici aussi on avait tiré les rideaux. Plus précisément, devant le foyer, au-dessus duquel se trouvait tout l'arsenal oriental de monsieur Boland, parmi lequel deux armes blanches correspondaient à la description donnée par le médecin légiste.

— Ma foi, dis-je, ça n'a pas l'air de vous faire plaisir, vous.

— Mais si, s'exclama Boland. C'est fantastique. Sauf que je me sens tout à l'envers chaque fois qu'il est question de la mort de maman.

— Il y a de quoi, l'assurai-je.

Legros semblait s'intéresser davantage aux poignards recourbés, qu'il examinait attentivement, les sortant un à un de leur gaine.

— Ils appartenaient à mon père, précisa Boland d'un air contrit.

— Mais tout vous appartient maintenant, ajoutai-je.

Boland fronça les sourcils, ne sachant comment interpréter ma remarque.

— Pourriez-vous, dit-il enfin, en venir au fait ? Je dois être à l'aéroport dans moins d'une heure.

— Alors vous êtes sorti promener votre beau chien une dernière fois, la nuit dernière ? dis-je d'un air triste.

— Oui...

— Seul ou avec votre petit ami ?

— Non, mais ça ne vous regarde pas !

— Hélas, oui. Aussi achalant que ça puisse être, il faut parfois se fourrer le nez dans les affaires du monde, surtout lorsqu'on enquête sur une série de crimes.

— Un autre cambriolage ? dit Boland, soudainement intéressé.

— Pas exactement. La nuit dernière, au parc Saint-Viateur, un dénommé Marleau, spécialiste en cambriolage et amateur en chantage, a été poignardé dans le dos avec un poignard à lame recourbée, comme celui qu'examine en ce moment mon collègue.

— Je n'ai jamais touché à ces sales poignards de ma vie !

— Ça n'était pas l'avis de la victime.

— Oh ? Je ne savais pas que vous pouviez parler aux morts.

Je n'aurais pu souhaiter meilleure réaction. Je me pressai donc de battre le fer pendant qu'il était chaud.

— J'ai dit « série de *crimes* » et non meurtres, et, à moins que je ne me trompe, je n'ai pas dit que l'homme était mort, mais qu'il avait été poignardé.

— Oui, bredouilla Boland. Mais à la radio...

D'où les valises. Parfait. Et Legros qui n'appréciait pas mes méthodes peu catholiques ! Il avait remis maintenant un des poignards dans sa gaine, pour se tourner vers moi et me dévisager d'un air impassible.

— C'est exact, dis-je à Boland. Marleau était déjà mort quand les reporters sont arrivés sur les lieux, mais il avait eu le temps de nous dire, avant d'expirer, une ou deux choses fort intéressantes.

La main tremblante de Boland s'accrocha à un massif fauteuil recouvert de velours pourpre où il se laissa lentement glisser, terrassé. L'expression que prit son visage tordu me répugna. Je m'attendais à une plus grande résistance, à une meilleure défensive. Dommage. Je décidai d'en finir au plus sacrant. Ça commençait à friser le mélo.

— Il semblerait, monsieur Boland, que la nuit du cambriolage, Marleau n'avait pas encore terminé sa collecte lorsque vous êtes rentré, et il s'est caché derrière une porte pour attendre le moment propice pour filer. Et que voit-il ? Il vous voit, monsieur Boland, entrer, découvrir la maison à l'envers et votre pauvre mère ligotée, puis vous précipiter sur le téléphone, sûrement pour appeler la police. L'appareil se trouvait derrière votre maman, et pendant que vous attendez qu'on vous réponde, vous changez d'idée. L'occasion était trop belle de vous débarrasser de la vieille fatigante et d'hériter de sa fortune en mettant le tout sur le dos du cambrioleur. Et vous raccrochez. Mais voilà, quelques semaines plus tard, vous commencez à recevoir des appels du cambrioleur qui vous menace de tout dire à la police si vous ne lui versez pas une petite commission, justement méritée d'ailleurs. Vous vous donnez finalement rendez-vous la nuit dernière, mais vous vous rendez le premier au parc Saint-Viateur pour l'attendre, caché dans les buissons, un poignard oriental dans la main. À bien y penser, vous n'êtes pas gêné, vous, quand il est question d'attaquer les gens par derrière !

— C'est pas ça, bredouilla Boland d'une voix larmoyante. C'est pas ça du tout. Je vous le jure. Oui, j'ai reçu des appels anonymes... mais je n'ai jamais vu le gars. Même hier, lorsqu'il s'est enfin décidé à me dire ce qu'il voulait de moi, je devais simplement aller au parc et laisser dix mille dollars dans une corbeille et...

— Dix mille dollars ? Et pourquoi donc ?

J'achevais de dactylographier mon rapport lorsque Poirier entra dans mon bureau, l'air éreinté mais satisfait.

— Il prétend toujours que ce n'est pas lui qui a tué Marleau, dit-il. C'est drôle quand même qu'on finisse par l'inculper pour un meurtre dont on n'a aucune preuve et de ne pas arriver à lui faire admettre un autre pour lequel on a tant d'indices. Bref, une fois encore, chapeau.

— Merci. Oh, à propos des indices : il faut que tu me signes la liste des objets que tu as trouvés dans son jardin.

Poirier prit mon rapport. Je lui passai mon stylo-bille.

— Un .22, lut-il, un portefeuille contenant soixante-trois dollars et quatre cartes de crédit volées, un... Non, biffe le sachet d'héroïne, Legros vient de le prendre.

— Pourquoi ? La défaite a été si cuisante qu'il lui faut maintenant se piquer pour oublier mon existence ?

— Non, dit Poirier en riant. Il paraît que la poudre était destinée à la blonde de Marleau, et le sergent est allé la lui apporter, comme pour la remercier du tuyau qu'elle vous a donné.

Un vent froid me glaça.

— Merde, dis-je en me levant pour mettre mon veston.

— Oh, ne fais pas cette tête. Moi, je trouve ça plutôt cocasse. Un sergent-détective, et Legros en plus de ça, qui se fait fourgue.

— Ce n'est pas ça, lui lançai-je en reprenant mon stylo-bille. La petite ne peut pas encaisser Legros et je crains qu'elle ne lui égratigne cette fois les pupilles.

Dehors, je sautai dans ma voiture et j'actionnai, deux rues plus loin, ma sirène. Je dus brûler une dizaine de feux rouges. Hélas, dans l'état d'esprit où je me trouvais soudainement, je ne pus savourer le délicieux crissement de mes pneus dans les virages. Ni la musique saccadée qui se déclenchait automatiquement dans mon cassettophone de bord, aussitôt que l'indicateur de vitesse dépassait les cent kilomètres heure. Ni le soleil qui brillait toujours dans un ciel limpide.

Je coupai la sirène à une centaine de mètres de l'immeuble qu'avait habité Marleau et je fis le tour du pâté. La voiture de Legros n'y était pas. Je garai la mienne une rue plus loin et revins au pas de course.

J'arrivai devant la porte 43 essoufflé, mais l'oreille bien tendue. Silence. Doucement, je fis tourner la poignée. Défoncé ce matin, le battant céda au toucher. Il n'y avait personne dans le salon. Ni ailleurs dans l'appartement, que je traversai sur la pointe des pieds. La fille avait dû déguerpir après notre visite en se disant qu'un bref tour au paradis ne valait pas un long séjour à l'ombre. Tant mieux. Legros était soit venu et reparti bredouille, soit sur le point d'arriver. Je me dirigeai vers le couloir qui puait encore la friture en me promettant d'ouvrir, moi, tous les rideaux et les fenêtres en rentrant chez moi.

— Elle m'a demandé de te dire merci et bye-bye de sa part, lança Legros d'un ton singulièrement moqueur, derrière moi.

Je m'arrêtai net. Puis, me composant vite un sourire amical — je réagissais de mieux en mieux aux imprévus —, je me tournai. Lentement. Legros se tenait, les mains dans les poches de son veston, devant la porte du balcon, que des rideaux avaient cachée jusque-là. Je n'avais pas pensé y jeter un coup d'oeil. J'avais encore tant à apprendre.

— Eh bien, dis-je, j'ai eu la chienne quand Poirier m'a dit que tu t'en venais ici. Je m'attendais à te trouver le visage ensanglanté.

— Je suis navré de t'avoir causé du souci. Mais tout s'est bien passé. Trop bien même.

— Parfait. Que dirais-tu si je t'invitais maintenant à souper ? Je crève de faim.

— Moi aussi, dit-il, en reprenant son air sérieux. Et ce soir, je vais enfin pouvoir manger avec appétit. En te sachant derrière les barreaux.

— Pardon ?

— Oh, je t'en prie. Arrête de te prendre pour un autre. Tu n'es pas si fin que ça. À vrai dire, tu manques pas mal d'imagination. Tes scénarios de solutions extraordinaires commencent à se ressembler un peu trop. Comme à la télévision. La même formule, semaine après semaine. On choisit un suspect qu'on n'a pu inculper, faute de preuves, et on monte un coup dont tous les indices pointeront vers lui. Au moins, tu as eu jusqu'à présent la prévenance de ne pas impliquer des innocents.

— Tu es mauvais perdant, Legros. Si tu ne peux plus me sentir, trouve quelque chose de plus sérieux que ça. Tu commences à radoter.

Un bref moment, je regrettai mon arrogance. Non pas parce qu'il tenait — j'en étais certain — son revolver dans sa poche droite, mais parce que son regard, plutôt que de briller de haine, se voila de tristesse. Et tout de suite après je m'en voulus pour cette autre brève rechute de sentimentalisme.

— Tu veux quelque chose de plus sérieux ? dit-il d'une voix rauque. Par où commencer ? Que la fille m'a dit que Marleau avait rendez-vous avec un policier, hier soir, à Outremont ? Et comme ce n'était pas moi et que vous vous étiez parlé hier après-midi... Voilà pourquoi tu as perdu un moment la tête ce matin en voyant la petite ici. Pourquoi tu as essayé de la descendre. Pourquoi tu t'es arrangé pour rester seul avec elle pour l'interroger. Au cas où elle saurait. Et pourquoi tu ne m'as rien dit de la poudre que tu lui avais promise. Tu te proposais de revenir seul afin de t'assurer qu'elle ne savait ou ne dirait jamais plus rien. Comme démentir sa prétendue déclaration selon laquelle Marleau avait *rendez-vous* avec quelqu'un qui *habitait* Outremont. Mais j'avais déjà la puce à l'oreille et j'ai écouté aux portes pendant que tu lui parlais. Une nuit d'une douceur tout orientale ! Ha ! Comment le savais-tu, toi qui te vantes, même à la télévision, de passer tes soirées à jouer aux échecs avec ton ordinateur et de ne jamais te coucher passé dix heures afin de te réveiller tôt le matin et faire deux heures d'exercice ? Tu voulais la liste de Marleau à toi seul. Voilà pourquoi tu lui as demandé de se rendre à Outremont, lui disant probablement que vous viendriez ensuite ensemble chez moi. Pourquoi tu as demandé hier à Marc Boland d'aller déposer, la nuit dernière, l'argent dans une corbeille du parc Saint-Viateur. Je conviens qu'à ton âge, on est ambitieux et surtout pressé, mais cette fois tu es allé un peu loin. Ta description du meurtre de la mère Boland concordait trop avec les aveux de son fils pour que tu l'aies imaginée. C'est probablement Marleau qui te l'avais faite, et tu t'appliques par la suite à harceler Boland au téléphone, le préparant psychologiquement. Au fond, avec ta petite déclaration aux reporters, tu espérais peut-être qu'il s'en aille en apprenant la mort de Marleau. Quelle meilleure preuve de sa culpabilité après la découverte des indices que tu avais soigneusement enterrés dans son jardin ? Non, c'était trop beau, trop facile. Je suis peut-être vieux, et écoeuré, mais con, non.

— En tout cas, tu as une riche imagination. Elle te fera défaut, Legros, quand viendra le moment de me mettre tout ça sur le dos. Voyons, il faut quand même des preuves. Tu devrais le savoir.

— Et la fille ? Car c'est encore grâce à elle que j'ai découvert, dès aujourd'hui, ta petite mise en scène. Sa présence t'a convaincu de presser les choses et de mettre vite la main sur le « coupable », même au risque de ne pas voir ton nom plus de deux jours d'affilée dans les journaux. Sans oublier deux petites erreurs, comme on en commet tous. Tôt ou tard. La première : où sont les dix mille dollars ? Si Boland a pris soin de vider les poches de Marleau, tu crois qu'il aurait laissé tout cet argent dans une corbeille ? La deuxième : les poignards, ils ont tous la lame rouillée. J'ai reparlé au médecin légiste. Il est catégorique : il n'y a pas de traces de rouille dans les blessures de Marleau. Tu aurais dû les vérifier avant d'aller en acheter un tout neuf.

— Ce que je ne comprends pas, Legros, c'est que tu aies risqué ta peau à m'attendre seul ici — en supposant que je sois l'assassin coriace que tu imagines —, alors que tu aurais pu rentrer chez toi et m'arrêter tout bonnement demain matin dans un poste de police. Conclusion : ou tu bluffes, ou tu espères conclure un marché. Ton silence, en échange de... En échange de quoi, Legros ? De la moitié des dix mille dollars ou de la liste de Marleau ? Ou des deux peut-être ?

De nouveau, le regard de Legros se voila de tristesse. Il sortit nerveusement de sa poche gauche un cigare, pour se le planter entre les dents et, de plus en plus agité, il se remit à fouiller dans sa poche. Si je n'avais pas même remarqué qu'il n'avait jusque-là rien dans la gueule (il faudra absolument que je devienne plus attentif), je remarquai le sachet contenant une poudre blanche aussitôt qu'il s'échappa de sa poche. Il n'avait ni vu ni parlé à la fille. Et, avant qu'il ne remarque, lui aussi, ce qui était tombé sourdement à ses pieds, je mis ma main droite dans la poche extérieure de mon veston.

— Sors ta main de là ! cria Legros en brandissant son arme.

Mais j'avais déjà sorti ma main, et lui montrai mon briquet en or.

— Voyons, tu sais bien que je ne garde pas mon feu là, dis-je en tripotant le briquet. Je veux juste allumer ton cigare, m'allumer une cigarette, et nous pourrons ensuite discuter d'affaires.

Je fis un pas vers lui, le bras tendu.

— Arrête là, ordonna-t-il. Et garde l'autre main derrière ton dos.

J'obéis. Il hésita un instant, puis se pencha légèrement vers le briquet. La flamme, que j'avais réglée au maximum, l'atteignit en plein dans l'oeil gauche. Il poussa un cri, que j'étouffai aussitôt d'un coup de pied dans les couilles après m'être penché vers ma droite, loin de sa ligne de tir. Il s'affaissa sur le tapis, sans connaissance. J'empochai le briquet et sortis mon mouchoir, pour prendre son arme et la remettre dans son étui. Je ramassai ensuite le sachet d'héroïne et j'allai le jeter dans le bol de toilette. Je chassai l'eau. Revenu dans le salon, je me penchai sur Legros. Mes ongles n'étaient pas nécessairement longs, mais les traces qu'ils laissèrent sur sa joue gauche étaient assez visibles. Enfin, je lui levai la tête et la cognai une fois, mais durement, contre le bord de la table basse. Legros poussa un gémissement et, un moment après, un filet de sang coula au coin de ses lèvres minces. Je posai sa tête sur le tapis, allumai son cigare et le plaçai contre sa joue, le bout rougeoyant devant son oeil gauche. Je réarrangeai ma tenue, puis j'allai au téléphone composer le numéro de la police. Il ne me restait qu'à trouver la coupable. L'avenir s'annonçait de plus en plus brillant.

Sueurs

Yves
BEAUCHEMIN

Bruno Brunelle
- personnage central

à Jean Dorion

1

Le sergent-détective Chrétien sortit du bureau, le regard un peu vacillant, pendant que le photographe de la section des identifications remplissait la pièce des fulgurations de sa lampe-éclair. D'une main nerveuse il sortit un paquet de cigarettes de sa poche, l'ouvrit d'un coup de pouce, gagna le fond du corridor et jeta un coup d'oeil par la fenêtre, qui donnait sur la rue Sainte-Catherine.

— Ah non ! s'écria-t-il soudain avec une grimace en diagonale. La vieille vache ! elle les a appelés !

La tête d'un policier apparut dans l'embrasure de la porte :

— Qu'est-ce qui se passe, sergent ?

— On va encore avoir l'agence Brunelle et Brouillette dans les jambes, hostie ! Appelle la morgue, qu'ils s'en viennent au plus sacrant ! Mais touche pas au téléphone ! ajouta-t-il soudain. Descends à la taverne, plutôt !

Et il se remit à jurer avec une verve étonnante.

Une Maverick blanche d'un âge vénérable venait de se stationner devant l'entrée principale. Le détective Bruno Brunelle en sortit, resserra frileusement son foulard de laine autour de sa gorge et se mit à examiner l'édifice. Il s'agissait d'une grande construction de briques de trois étages, d'une telle insipidité de style qu'on restait étonné que les murs ne s'écroulent pas de découragement. Un gros quinquagénaire s'extirpa de l'auto à son tour, vêtu d'un pantalon de tweed carreauté orange et bleu à faire reculer un troupeau de buffles. Il se pencha vers Brunelle et tendit l'index vers la fenêtre derrière laquelle tempêtait Chrétien.

161

Ce dernier recula précipitamment :

— J'espérais me sauver enfin de ce maudit fouineur et de sa grosse citrouille d'assistant, grommela-t-il, la gueule de travers, en faisant danser sur ses lèvres sa cigarette non allumée. Trois fois dans un mois : mes nerfs vont y passer !

Une porte claqua au rez-de-chaussée et des pas se mirent à monter.

— Pas fâché d'avoir fini, fit le photographe, un peu pâle, en s'avançant vers Chrétien dans un cliquetis d'appareils. C'est tout un spectacle, fit-il en acceptant la cigarette que lui offrait le sergent-détective. J'ai hâte de raconter ça à ma blonde à soir !

— Pfiou ! je commence à sentir ma quarantaine, soupira Brunelle en s'arrêtant, tout essoufflé, sur le palier.

— Oh, vous n'avez encore... rien vu, patron, répondit son assistant, et il se mit à rire par petites saccades.

Le sergent-détective s'avança à leur rencontre, un sourire fielleux aux lèvres.

— Tiens, bonjour, sergent, fit Brunelle en mettant le pied sur la dernière marche. Est-ce que nous aurons encore le plaisir de travailler ensemble ?

— Si on veut.

Brunelle désigna une porte entrouverte au milieu du corridor :

— Le bureau de monsieur Kirby, je suppose ?

— C'est ça. Écoutez, vous avez cinq minutes pour vous rincer l'oeil et prendre vos petites notes. J'attends la morgue d'un moment à l'autre.

Il lui tourna le dos et alla rejoindre le photographe qui finissait sa cigarette devant la fenêtre.

Bruno Brunelle rougit, jeta un sourire narquois à l'ex-lieutenant Brouillette, puis, s'avançant vers le bureau de Fenimore Kirby, il poussa la porte.

Un hem ! étouffé s'échappa de sa bouche et il dut s'appuyer au chambranle. Il avait l'impression que sa colonne vertébrale venait de lui glisser dans le dos et gisait sur le plancher.

— Désirez-vous une chaise, patron ? souffla l'ex-lieutenant Brouillette d'une voix pleine de sollicitude.

Brunelle fit signe que non et, la respiration légèrement haletante, se mit à examiner la victime.

Il s'agissait d'un petit vieillard à la peau bleuâtre et comme séchée par l'âge avec un gros nez affligé de narines béantes, pointé sinistrement vers le plafond. L'homme était ligoté dans un fauteuil à bascule, la tête renversée en arrière, la bouche maintenue ouverte par un écarteur du genre de ceux qu'utilisent parfois les dentistes. Les yeux écarquillés, il semblait fixer avec une tension terrible l'énorme structure verte du pont Jacques-Cartier qu'on apercevait partiellement par la fenêtre. Un long tube de caoutchouc noir partait d'un récipient métallique posé sur une tablette au-dessus de la fenêtre et se rendait à la bouche du cadavre. Attaché au récipient, un mécanisme d'horlogerie, avec aiguilles et cadran, contrôlait une valve fixée au tube. La valve s'était ouverte à 11 heures, laissant couler le poison, puis l'horloge s'était arrêtée. Le concierge avait pénétré dans le bureau vers midi, puis, redescendant l'escalier en s'agrippant des deux mains à la rampe, il avait réussi à pousser la porte de la taverne au rez-de-chaussée pour demander de l'aide d'une voix sifflante. Madame Kirby avait appris la mort de son mari à 12 h 30 et, les premiers tremblements passés, exprimant avec force son mépris pour la police, elle s'était adressée à la célèbre agence Brunelle et Brouillette qui s'était taillé une place enviable au Québec depuis son ouverture le 6 octobre 1967. Le détective et son assistant étaient arrivés sur les lieux à 13 h 05.

Bruno Brunelle fit deux pas et referma la porte derrière lui. Un lourd parfum d'amande amère flottait dans la pièce.

— Cyanure, murmura-t-il. Ouvrez donc un peu la fenêtre, lieutenant.

Il jeta un regard circulaire dans la pièce, retira son foulard et desserra sa cravate.

— Encore une autre histoire de détraqué, soupira-t-il avec un sourire souffreteux. Pourquoi le sort nous fait-il attraper toutes les histoires de détraqués de Montréal ?

On entendit des pas dans le corridor. La porte s'entrebâilla et une voix sifflante d'asthmatique murmura :

— Pardon... excusez-moi, Je suis le concierge. Si jamais vous aviez besoin de renseignements sur...

Le visage débonnaire du lieutenant Brouillette prit soudain une expression crispée qui rappelait certains masques africains :

— Plus tard, plus tard peut-être. Monsieur Brunelle a besoin de *tranquillité*.

La porte se referma aussitôt, l'escalier gémit pendant quelques secondes, puis le silence régna. Chrétien et son photographe semblaient s'être dissipés avec la fumée de leurs cigarettes.

Bruno Brunelle s'approcha d'un bureau de chêne massif qui trônait au milieu de la pièce et, les mains derrière le dos, huma le contenu d'un verre posé sur un coin du meuble :

— Cognac. Avec un additif, sans doute. L'analyse nous le dira.

Il se rendit à la fenêtre, jeta un coup d'oeil au pied du mur, puis sur la tablette fixée au-dessus de sa tête :

— Poussière de plâtre sur le tapis. On vient tout juste d'installer cette tablette.

Il grimaça tout à coup, passa la main sur son front dégarni qui luisait d'une façon anormale, puis alla se planter devant feu Fenimore Kirby, 84 ans, avocat retraité au caractère réputé difficile, à qui le destin venait de ménager une mort exceptionnelle, d'une horreur minutieusement calculée.

— On se croirait au Grand Guignol, fit Brunelle en frissonnant de dégoût. Pauvre homme ! il a dû voir venir sa fin durant des heures...

— Pour l'instant, tout ce que nous savons, c'est qu'il est arrivé au bureau vers huit heures. Peut-être que les marques laissées sur son corps par les liens nous permettront de savoir combien de temps a duré son supplice.

La porte du bureau s'ouvrit brusquement :

— Alors, mes petits amis, on s'est bien amusé ? fit Chrétien d'une voix aigre. Vous allez m'excuser, monsieur Kirby s'en vient faire un petit tour avec nous avant de trop raidir.

Deux hommes apparurent derrière lui et poussèrent une exclamation en apercevant le cadavre.

— Nous permettez-vous de rester encore quelques minutes dans la pièce ? demanda timidement Brunelle.

— Arrangez-vous avec le concierge, moi, mon travail est fait.

— Vous êtes bien bon, fit le lieutenant Brouillette.

Chrétien haussa les épaules :

— Je ne vois pas ce que vous allez foutre ici. J'emporte avec moi toutes les pièces à conviction.

Le bureau se remplit d'un va-et-vient discret. Brunelle entraîna son compagnon vers une cuisinette qui s'ouvrait au fond de la pièce, ferma la porte et se laissa tomber sur une chaise. Toute la répulsion angoissée que lui inspirait la mort se répandit alors sur son visage comme une nappe d'huile et lui brouilla les traits.

— Comment se fait-il qu'on ne l'ait pas entendu gémir ? fit le lieutenant, faisant mine de ne pas remarquer le malaise de son compagnon.

— Bureau insonorisé, répondit Brunelle en sortant un tube de sa poche.

Il fit sauter le bouchon d'un coup de pouce et avala deux comprimés.

— Ce maudit métier m'a dévoré le système nerveux, murmura-t-il avec un sourire coupable.

Le lieutenant eut un sourire indulgent :

— Un peu de valium n'a jamais fait de tort à personne...

Quelques instants passèrent. Bruno Brunelle, les yeux à demi fermés, attendait les effets bienfaisants du médicament.

— Je n'arrive pas à comprendre pourquoi on a tourné le fauteil vers la fenêtre, dit-il enfin. Il aurait été tellement plus simple de le laisser dans sa position habituelle, tourné vers le bureau. L'assassin n'aurait eu alors qu'à poser le récipient sur un des rayons de la bibliothèque en face. Tandis que là, il a dû apporter une tablette, la visser au mur, etc. C'est se donner bien du mal, même pour un fou. Auriez-vous l'obligeance, cher ami, d'appeler le concierge ?

Le concierge arriva. C'était l'asthmatique de tout à l'heure. Petit. Malingre. Avec une bouche sans lèvres et des incisives trop longues qui lui donnaient l'air d'un rongeur. Il voulait à tout prix jouer un rôle important dans cette histoire qui, malheureusement, ne lui en offrait aucun. Non, il n'avait entendu aucun bruit insolite durant l'avant-midi. Non, la tablette ne se trouvait pas là la veille. Non, il n'avait vu personne dans les corridors avec un colis. Par contre, la semaine précédente, il se rappelait avoir rencontré dans la rue un homme aux allures bizarres portant une poche de jute pleine de confettis (il en avait vu tomber par terre) et qui avait essayé de lui vendre un jeu de tarots en lui expliquant que...

165

— On vous rappellera au besoin, coupa le lieutenant avec un onctueux mépris.

Il le reconduisit à la porte — le fauteuil à bascule était maintenant vide, encore marqué au dossier d'un petit rond de sueurs — et revint trouver le détective :

— Monsieur Kirby vient de quitter les lieux, annonça-t-il.

Bruno Brunelle se leva, passa dans le bureau et se mit à faire les cent pas :

— Voici comment je vois les choses. Nous n'avons pas affaire ici à une brute démente qui règle ses comptes à grands coups de hache. Il s'agit d'un fou raffiné, calculateur, imaginatif et sans doute fort cultivé. Vous avez remarqué comme moi l'absence de toute trace de violence. J'en conclus que l'assassin a d'abord drogué sa victime pour un certain laps de temps — avec du cognac « enrichi », par exemple, ce qui lui a permis de procéder à son installation en toute tranquillité. Puis il a attendu le réveil du pauvre homme et s'est donné le plaisir d'assister à son exécution à retardement, jambes croisées et sourire aux lèvres. Vous avez là un cas typique de vengeance démentielle. Le motif ne sera pas facile à trouver. Il ressemble à l'assassin : bizarre, anormal, étonnant. Il va falloir se retrousser les manches et travailler dans l'étrange et le symbolique. Quand on aura réussi à se glisser dans la pensée de notre homme, il ne restera plus qu'à tendre la main pour l'attraper.

— Est-ce que je peux me permettre la suggestion d'une petite visite à la veuve ? fit le lieutenant Brouillette avec une intonation de profond respect.

2

— Enfin, murmura madame Kirby en ouvrant la porte toute grande.

Un coup de vent l'enveloppa. Elle frissonna et, d'un geste brusque, leur fit signe d'entrer.

— Le sergent-détective Chrétien m'a tout raconté, fit-elle en les conduisant à travers une grande pièce obscure. C'est horrible. Horrible et dégradant. Il faut que ce maniaque soit arrêté avant six heures ce soir, m'entendez-vous ?

Ils pénétrèrent dans un petit salon encombré de meubles victoriens où flottait une légère odeur de camphre. Par une porte entrouverte, on apercevait un cabinet aux murs couverts de rayonnages de disques.

— Questionnez-moi, fit-elle en leur indiquant un siège. J'espère que vous vous montrerez un peu plus brillants que ces pauvres policiers.

Madame Kirby était une grande et vieille femme, très maigre et très droite, l'air sec et légèrement obtus, avec des vestiges de beauté surprenants pour son âge. Des yeux extraordinairement flétris accentuaient la tristesse et la froideur de son regard. Elle ne fit pas plus d'efforts qu'il ne fallait pour cacher à ses visiteurs que la mort de son mari n'était pas la plus grande épreuve de sa vie et le détective lui en sut gré.

L'entrevue dura vingt minutes et permit d'apprendre plusieurs faits intéressants. Fenimore Kirby, avocat retraité, vivait de ses rentes depuis une vingtaine d'années. Sa situation financière était bonne. Il n'avait pas d'ennemis connus, très peu d'amis, ne fréquentait presque personne et se trouvait fort bien ainsi. Il avait deux passe-temps : la rédaction de l'histoire de sa famille et la musique classique. Huit ans plus tôt, il avait loué un bureau dans un grand édifice maussade et disgracieux au coin des rues Sainte-Catherine et de Lorimier afin de pouvoir travailler à son livre dans une tranquillité absolue et aussi, laissa entendre sa femme, afin qu'on lui fiche tout simplement la paix. Les séjours quotidiens à son bureau, ses sorties aux concerts et de nombreuses visites chez les disquaires (c'était un collectionneur maniaque) constituaient l'essentiel de ses distractions.

— Vous rappelez-vous quelque événement particulier dans les jours qui ont précédé la mort de votre mari ? demanda timidement Brunelle.

— Particulier ? Non.

— Parfois, il ne s'agit que d'un détail, insista respectueusement le lieutenant Brouillette.

— Racontez-nous la journée de votre mari, hier, reprit le détective.

— Eh bien, il s'est levé à six heures, comme il le fait toujours, il a déjeuné, il s'est rendu à son bureau, puis il est revenu souper à la maison. À sept heures, il est parti pour le concert.

— Quel concert ?

— Nous sommes... nous étions abonnés à la série des concerts du mercredi de l'orchestre symphonique.

— Vous l'avez accompagné ?

— Non.

— Vous ne l'accompagniez jamais ?

— Au contraire, presque toujours. Mais hier j'étais souffrante. En fait, reprit-elle après une hésitation, nous avions eu une petite discussion durant le souper et je préférais passer la soirée seule à la maison.

— Est-ce que je peux me permettre de vous demander quel était le sujet de cette discussion ?

— Vraiment, je crois que cela ne vous regarde pas.

Bruno Brunelle glissa la main dans la poche de son veston et se mit à jouer nerveusement avec un trousseau de clefs. Il se demanda lequel des deux, l'homme ou la femme, avait le plus sale caractère.

Le lieutenant Brouillette sourit et leva les mains dans un geste pacificateur :

— Nous comprenons, madame, vos sentiments actuels et tout le reste. Mais je vous assure que les questions de monsieur Brunelle, pour embarrassantes qu'elles puissent être parfois, ne visent qu'un seul but, c'est-à-dire...

— Nous nous sommes querellés parce que j'avais reçu dans l'après-midi un appel téléphonique d'une jeune femme — une inconnue — qui a eu la gentillesse de m'apprendre que mon mari — malgré son âge ridicule — entretenait encore des relations... vous me comprenez.

Bruno Brunelle sentit une intense rougeur envahir son visage et sa gorge se mit à picoter, comme chaque fois qu'il arrivait sur une piste intéressante. Il toussa quatre fois.

— Et que vous a dit au juste cette jeune... personne ?

— Oh, c'était la classique scène d'hystérie d'une petite oie qui perd tout à coup la tête en réalisant que l'épouse légitime de son vieil amant est en train de gâcher le peu de temps qu'il lui reste à vivre. Ce qui était peut-être vrai, d'ailleurs. Elle me demandait... de disparaître, quoi. Ce n'était pas l'appât d'un possible héritage qui l'avait poussée à m'appeler, m'assurait-elle, mais l'amour — l'amour et une vigoureuse haine pour ma vieille carcasse. Rien de plus banal, en somme.

— Dites-moi, madame Kirby...

Bruno Brunelle maîtrisait mal les tremblements de sa voix. Le lieutenant lui jeta un regard d'encouragement.

— Dites-moi... est-ce que dans le passé... un passé plus ou moins récent... votre mari... enfin, vous savez... ces histoires sont tellement courantes, même dans les ménages les plus unis...

Madame Kirby ferma légèrement les yeux, et d'une voix inexpressive :

— Mon mari m'a largement trompée tout au cours de notre mariage, car c'était un homme qui s'intéressait plus au plaisir et au travail qu'à ses semblables. Mais depuis une dizaine d'années, la vieillesse l'avait — comment dirais-je ? — normalisé.

— Vous avez cru ce que vous disait au téléphone cette jeune femme ?

— J'avais d'assez bonnes raisons de la croire. Elle m'a fourni des détails... pertinents.

— Bon. Et maintenant, comment s'est déroulé le reste de la soirée ?

Madame Kirby poussa un soupir et, fixant quelque chose au-dessus de la porte :

— Nous avons soupé. Il est passé dans sa chambre pour changer de vêtements et il est parti. À son retour, je dormais.

— Quelle heure était-il ?

— Je dormais.

— Bon. Parfait. Vous êtes restée seule chez vous toute la soirée. Que s'est-il passé ?

— Rien.

Puis elle eut comme un sursaut :

— Ah oui, c'est vrai, j'oubliais. Vers 7 h 30, j'ai reçu un second appel. Un homme, cette fois. Il désirait parler à mon mari.

— Ah bon. Est-ce qu'il s'est nommé ?

Madame Kirby fit signe que non. Sa raideur cassante semblait s'être mise à fondre.

— Que lui avez-vous répondu ?

— Ce que je viens de vous répondre. Qu'il était parti au concert. Que je l'attendais à la fin de la soirée.

— Pouvez-vous, madame Kirby, me décrire la voix de votre interlocuteur ? fit le détective avec un accent contenu de supplication.

La vieille femme eut un sourire narquois, sembla sur le point de lancer une impertinence, mais se ravisa :

— Eh bien... comment vous dirais-je ? il avait une voix... plutôt grave... c'est-à-dire... moyennement grave... une voix ordinaire, quoi. Il devait s'agir d'un homme dans la trentaine... ou la quarantaine peut-être, je ne sais pas, moi... qui s'exprimait correctement. Comme vous. Comme moi. Comme mille autres. Il ne m'a dit que quelques mots après tout.

— J'apprécie vos efforts plus que vous ne croyez, madame. Une dernière question : est-ce que monsieur Kirby était porté à boire ?

— Je l'ai toujours connu sobre. C'était un amateur de cognacs. Mais très difficile.

Les deux hommes se levèrent. Madame Kirby les reconduisit à la porte, qu'elle ouvrit d'un geste impérieux. Le vent fit aussitôt rosir son visage à la beauté éteinte :

— Téléphonez-moi ce soir à huit heures, dit-elle. Je veux savoir où vous en êtes.

Et la porte se referma.

Quelques instants plus tard, le lieutenant Brouillette reprenait le volant de sa vieille Maverick blanche au carburateur si capricieux.

— Mon cher lieutenant, nous sortons d'une entrevue plutôt désagréable, mais je sens mes neurones qui s'amusent comme de vrais petits fous.

Son compagnon posa sur lui un regard interrogateur.

— Arbitrairement, mon cher lieutenant, j'ai décidé d'établir un lien entre le verre de cognac retrouvé sur le bureau de Kirby, sa présence au concert et la scène de jalousie qu'a subie sa femme au téléphone. Maintenant, soyez gentil et arrêtez-moi tout de suite devant ce restaurant. Vous savez l'effet des interrogatoires sur mes pauvres intestins.

— La perfection de votre cerveau fait oublier ces petites misères, répondit pieusement Brouillette.

3

Bruno Brunelle vint s'asseoir en face de son compagnon qui l'attendait placidement au fond du restaurant devant un café anémique. L'établissement était désert et crasseux. Le propriétaire, un petit homme mal rasé avec des mâchoires proéminentes qui lui donnaient une allure patibulaire, malaxait furieusement une boule de pâte à pizza comme pour y faire passer tout le dépit que lui inspirait la tranquillité des affaires.

— Je fais la supposition, reprit le détective à voix basse, que l'assassin se cherchait hier un prétexte pour rencontrer seul à seul sa future victime. Il savait que madame Kirby accompagnait ordinairement son mari aux concerts. Il savait également que le ménage Kirby n'avait jamais tourné bien rond. Il suffisait donc de faire naître une querelle entre les deux époux un peu avant le concert — le coup de téléphone —, puis de rappeler un peu plus tard afin de s'assurer que madame était bien restée à la maison, et le tour était joué.

Un sourire béat s'étendit sur le visage du lieutenant qui prit l'expression d'un petit garçon en train de regarder son père grimper à un arbre pour secourir un chat. Mais une objection traversa tout à coup son esprit, et il retrouva ses cinquante-six ans de gros célibataire minutieux et prudent :

— Mais cela suppose une complice... et ce genre d'individu travaille presque toujours seul, vous le savez.

— Certains hommes — moi, par exemple — peuvent contrefaire parfaitement la voix d'une femme au téléphone, sauf le matin en sortant du lit, bien entendu... Enfin, je ne rejette pas nécessairement l'hypothèse d'une complice...

— Mais pourquoi rencontrer sa future victime à tout prix, et au concert encore ?

— Voilà, voilà. Je poursuis mon hypothèse. Les concerts du mercredi sont exclusivement réservés aux abonnés et se donnent la plupart du temps à guichets fermés, n'est-ce pas ? Que jouait-on hier soir ? fit-il en sortant un journal de sa poche et en le déployant sur la table. *Rugby*, de Honegger, la Troisième Symphonie de Bohuslav Martinū et le *Concerto pour violon* de Britten avec Salvatore Accardo. Kirby avait un billet inemployé dans sa poche : celui de sa femme. L'assassin, le sachant seul, s'est faufilé près de lui quelques minutes avant le concert et lui a joué le numéro du mélomane inconsolable de se voir privé de l'audition de son violoniste préféré ou de la symphonie de son compositeur chouchou. Alors Kirby lui a vendu le billet qu'il avait en trop ou peut-être même le lui a-t-il donné : n'oubliez pas que la musique classique est une véritable religion pour certaines gens.

— Mais pourquoi toute cette mise en scène ?

— Comment ? vous n'avez pas saisi ? Mais ça crève les yeux : afin de pouvoir aller le trouver le lendemain à son bureau et lui remettre un petit cadeau en reconnaissance du service rendu : une bouteille de cognac, par exemple. Il suffisait ensuite d'un rien pour que Fenimore Kirby se sente obligé d'offrir un verre à son visiteur... et l'accompagne.

De saisissement, le lieutenant Brouillette trempa son pouce dans le café et ne sentit même pas la brûlure.

— Cependant, ajouta le détective en se levant avec un petit sourire souffreteux, pour que mon brillant échafaudage tienne debout, il faut, *primo :* qu'on retrouve un puissant soporifique dans ce fameux cognac ; *secundo :* que le billet inutilisé ait effectivement disparu des poches de Kirby ; et *tertio :* qu'il ait été impossible d'assister au concert d'hier soir sans billet d'abonnement.

Le lieutenant, galvanisé, lui mit la main sur l'épaule :

— Je m'occupe, patron, de vérifier les deux premières conditions si vous voulez bien vous occuper de la troisième.

172

4

Les bureaux de l'agence Brunelle et Brouillette étaient situés au troisième étage d'une vieille maison victorienne, rue Guy, tout près de ceux du célèbre éditeur Stanké. Il s'agissait de deux pièces, plutôt petites, aux boiseries travaillées, aux planchers recouverts d'une marqueterie autrefois splendide. La première contenait une patère, deux bureaux et une petite table métallique à battants surmontée d'une machine à écrire aussi vieille que l'édifice lui-même. Une large fenêtre à la française s'ouvrait en face de l'entrée, déversant sa lumière sur un faux Daumier, trophée de la première victoire du détective Brunelle il y a quinze ans. La deuxième pièce, un peu plus petite, était couverte de rayonnages. On y remarquait une très complète collection du *Sélection du Reader's Digest*, dont le premier numéro (février 1922) était exposé dans une petite vitrine.

Bruno Brunelle, assis à son bureau, finissait une tasse de café en feuilletant une grosse liasse. La porte du bureau s'ouvrit avec un grincement malicieux et le lieutenant Brouillette apparut. Son âme était habitée d'une ivresse tellement légère qu'il s'avançait en sautillant. On en oubliait l'imposant surplus de graisse qui donnait habituellement à sa démarche quelque chose de solennel et de rassis.

— Vos deux conditions sont vérifiées, annonça-t-il en clignant de l'oeil. Un seul talon de billet dans le veston du mort. Et une bonne dose de Nembutal dans le cognac.

— Eh bien, la troisième aussi, répondit Brunelle d'un air soucieux. Il s'agit maintenant de faire vite. J'ai déjà contacté les voisins immédiats de monsieur Kirby au concert. Aucun d'eux ne se rappelle quoi que ce soit. Nous vivons dans une société fondée sur la distraction, mon cher lieutenant. Alors je me suis procuré tout à l'heure la liste complète des abonnés du mercredi : 2487 noms. Il faudra aller trouver madame Kirby et repasser cette liste avec elle afin de repérer toutes les connaissances de son mari, puis aller questionner ce beau monde.

— Je vais m'en occuper.

— Merci. Demandez-lui en même temps une photo récente du défunt. Moi, je vais faire une petite enquête sur la veuve. Je m'en vais de ce pas à la bibliothèque municipale. Voulez-vous venir m'y rejoindre au cours de la soirée ?

Le lieutenant prit un air embarrassé :

— Vous avez sans doute oublié que je dois accompagner ma mère ce soir à sa partie de quilles.

— Où est-ce que j'avais la tête ? Excusez-moi. Alors à demain matin, ici même. Votre café sera servi sur votre bureau à neuf heures pile.

Le lendemain matin, le lieutenant Brouillette se présentait à l'agence avec une photographie récente de feu Fenimore Kirby, une liste annotée des abonnés du concert du mercredi et un lumbago carabiné qui le faisait se dandiner comme un canard à qui on aurait attaché une pesée de deux livres à la patte gauche.

— Les quilles sont le plus grand ennemi de la cinquantaine, soupira-t-il en se laissant tomber sur une chaise.

Il huma l'arôme délicat du café et y trempa les lèvres. Son visage crispé se détendit dans une expression de délices.

— Avez-vous enrichi dernièrement votre collection de cafetières ? demanda-t-il au détective en lui tendant la photo.

— Je viens d'acheter ma 142e avant-hier. Autriche. Début XIXe. Décidément, il n'avait pas l'air commode, notre assassiné, murmura-t-il en examinant la photo.

Fenimore Kirby, en habit bleu marine et cravate rouge sang, le fixait d'un regard accusateur, joues rentrées, lèvres dédaigneuses, pointant ce détestable nez à bout tronqué qui semblait vouloir aspirer l'univers. Bruno Brunelle fit une grimace et déposa monsieur Kirby face contre le bureau.

— J'ai vu madame Kirby de quatorze à seize heures hier, annonça le lieutenant. Nous avons repéré six de leurs connaissances dans la liste.

Le détective examina la liste un moment, puis se leva et enfila son pardessus :

— Allons faire causer ces braves gens.

Madame Blanche Castillon, une ancienne modiste demeurant au coin des rues Van Horne et Outremont, les reçut fort aimablement une demi-heure plus tard et les fit pénétrer dans sa cuisine. Une énorme marmite de marinade mijotait sur un poêle à gaz et remplissait la pièce de ses succulentes vapeurs acides. Bruno Brunelle se mit à éternuer et ses yeux prirent la couleur rougeâtre des fumeurs de mari. Madame Castillon dut s'asseoir en apprenant la mort de monsieur Kirby. Puis, après s'être mouchée à quelques reprises, elle se mit à les bombarder de questions, voulant connaître les moindres détails de l'affaire. Le détective crut déceler chez elle un étrange appétit pour le macabre, mais ses découvertes s'arrêtèrent là : la bonne dame, n'ayant pu assister au dernier concert, avait refilé son billet à une nièce.

Brunelle et son associé se rendirent ensuite chez monsieur et madame Victor et Angèle Dubé, rue des Érables. Ils sonnèrent en vain. Un homme qui ramassait des feuilles mortes à quelques pas leur apprit que ses voisins s'étaient envolés pour Miami deux mois auparavant pour tenter d'endormir au soleil le cancer de monsieur.

David van Vactor, directeur d'une petite agence de publicité dans le centre-ville, les fit poiroter vingt bonnes minutes avant de les recevoir dans son bureau. Il avait de petits yeux mobiles et pétillants, une chevelure lisse et noire comme fraîchement passée au cirage et une bouche capable d'avaler un melon d'eau de taille moyenne d'où s'échappait une voix tonitruante qui débitait des formules toutes faites à une vitesse hallucinante. Oui, il avait bien aperçu monsieur Kirby au concert ce soir-là (sa mort créait un vide immense, il espérait vivement que la Justice montrerait une fois de plus que le crime ne paie pas), mais il ne lui avait pas parlé. Monsieur Kirby lui avait semblé seul (au fond, nous le sommes tous, n'est-ce pas ?) et un peu soucieux (mais les soucis, comme dit l'adage, sont le sel de la vie). Ensuite, sans plus de préambule, il se lança dans le récit de sa première rencontre avec Fenimore Kirby au Metropolitan Opera en 1962. Bruno Brunelle se leva doucement avec son sourire le plus suave, lui fit un petit salut de la main et quitta silencieusement le bureau, suivi du lieutenant.

— Qui nous reste-t-il encore à voir ? soupira-t-il en mettant le pied dans la rue.

— Madame veuve Louise Calandeau, qui habite un foyer de

vieillards, rue de Lorimier, et monsieur Samuel Sinievsky, taxidermiste, rue Saint-Urbain.

— Écoutez, cher lieutenant, la journée avance et je dois absolument continuer mes recherches à la bibliothèque municipale. Que diriez-vous de poursuivre votre tournée tout seul et de venir me rejoindre ensuite au bureau à trois heures ?

À trois heures le lieutenant revint bredouille. Madame veuve Calandeau avait bien assisté au concert ce soir-là (c'est ce que l'infirmière affirmait, en tout cas), mais ses quatre-vingt-dix ans bien sonnés lui avaient introduit un peu de flou dans la tête et elle confondait les trois derniers concerts. Quant au taxidermiste Sinievsky, il avait failli mettre le lieutenant à la porte en apprenant l'objet de sa visite, puis, se calmant un peu, il lui avait déclaré que sa dernière rencontre avec Kirby remontait à cinq ans, qu'il considérait d'ailleurs sa mort comme une chose excellente et qu'elle apporterait sûrement du bonheur à une foule de gens.

Bruno Brunelle vida sa tasse de café, croisa ses mains et posa sur le lieutenant ses gros yeux bleus remplis d'une fausse candeur.

— Je crois, mon cher ami, fit-il en souriant, que nous sommes en train de chercher des girafes au Pôle Nord. J'ai moi-même perdu tout mon après-midi à la bibliothèque municipale.

— Alors, il ne nous reste plus qu'à interroger les placiers, conclut le lieutenant d'une voix égale.

5

Bruno Brunelle ne dormit pas trois minutes cette nuit-là. Son patron, mécontent, ne cessa pas de le harceler. Ce patron, d'un genre inusité, logeait à l'intérieur de son estomac sous la forme d'un ulcère rouge vif qui ressemblait vaguement à un bouton de rose sur le point d'éclore. Quand les enquêtes piétinaient le moindrement, l'ulcère se fâchait, enflait et remplissait l'estomac du pauvre détective de brûlures insupportables qui l'obligeaient à renoncer à son cher café.

En pénétrant dans la cuisine du 2415 Henri-Julien le lendemain matin, le lieutenant Brouillette aperçut Bruno Brunelle en robe de chambre qui sirotait mélancoliquement un verre de crème en écoutant du Vivaldi.

— J'ai réussi à obtenir hier soir la liste des placiers, annonça-t-il en faisant mine de ne pas remarquer la figure ravagée de son compagnon. Il y en a dix-sept.

Ils se mirent au téléphone.

À 10 h 15, la Chance accepta enfin de leur faire un petit signe amical. Roger Pothier, un étudiant de seize ans qui travaillait pour la première fois comme placier ce soir-là à la Place des Arts, se rappela avoir vu monsieur Kirby en compagnie d'un inconnu quelques minutes avant le concert ! Il n'y avait rien de surprenant là-dedans : Roger Pothier demeurait à deux maisons des Kirby. Depuis trois ans, il tondait leur pelouse, promenait leur chien, etc.

Vingt minutes plus tard, Brunelle et Brouillette se présentaient chez lui. Ils se trouvèrent en face d'un adolescent tout timide qui s'exprimait d'une voix éteinte et mouillée, comme si des épanchements de salive menaçaient à tous moments de couler sur son menton. L'entrevue permit de dresser un vague portrait du présumé assassin : il s'agissait d'un homme dans la trentaine, aux traits plutôt agréables, portant moustache ou barbiche (Pothier ne se rappelait plus trop) vêtu d'un pardessus en drap beige, d'un foulard beige et de gants de cuir, et qui avait effectivement assisté au concert aux côtés de Fenimore Kirby. L'étudiant se rappelait avoir vu les deux hommes discuter avec chaleur au moment d'entrer dans la salle, mais il n'avait pas prêté attention à leurs propos.

— Mince, mais mieux que rien, conclut Bruno Brunelle en quittant la maison. Lieutenant, fit-il en montant dans la Maverick, que diriez-vous d'une petite promenade sur le Mont-Royal ? Il n'y a rien comme l'air pur pour aider à raisonner. Récapitulons, fit-il en avançant d'un air grave dans le bruissement des feuilles mortes.

Le lieutenant développa un morceau de gomme à mâcher à la cannelle, le glissa dans sa bouche, croisa les mains derrière son dos et se mit à écouter son compagnon d'un air appliqué.

— Que savons-nous de notre assassin hypothétique ? fit Brunelle en se massant doucement l'estomac. Qu'il est dans la trentaine, d'un naturel ingénieux, qu'il a de jolis traits et s'habille avec une certaine recherche, qu'il s'exprime correctement, porte moustache ou barbiche et peut sans doute soutenir une assez longue conversation sur la musique classique. Le filon que nous avons suivi jusqu'ici ne nous donnera rien de plus. Il faut changer de voie. Il faut maintenant, comme je le fais toujours, se pencher sur le passé de la victime. Là se trouve l'autre partie de la réponse. Quand nous aurons réuni ces deux parties, l'image complète de l'assassin se formera tout naturellement devant nos yeux.

Le lieutenant sortit une fiche de sa poche :

— Je me suis permis de synthétiser le passé de monsieur Kirby sur ce petit morceau de carton.

KIRBY, FENIMORE : né à Mtl 8 août 1898. Père : Leonard Kirby, ingénieur, fortuné, décédé à Boston, 4 mars 1934. Mère : Alice Elliot, 1875-1930, origine fortunée, pianiste de talent. Kirby, F. : études prim. : Mtl ; sec. : Mtl. Diplômé 1921 fac. droit univ. Mc Gill summa cum laude. Exempt service milit. pr faiblesse congénitale colonne vertébrale. Débute 1921 chez Fatts, Crushboy & Horsemouth. Épouse en 1927 Eileen Dowerty. Pas d'enfants. Engagé 1923 par Commission du Havre de Mtl comme conseiller légal. S'associe 1934 à MM. Racette & Smuggler pr fonder Kirby, Racette & Smuggler. Quitte 1945 pr fonder son propre bureau. Après brillante carrière, prend sa retraite 1961.

Le détective glissa la fiche dans sa poche en souriant :

— Mon cher lieutenant, j'apprécie comme toujours votre amour du travail soigné et je me propose de méditer longuement devant votre morceau de carton. Mais je dois auparavant vous demander d'avoir la bonté de me conduire à une pharmacie pour renouveler mon ordonnance de Tagamet, car mon ulcère se montre de plus en plus impoli.

Il ressortit de la pharmacie avec une petite bouteille brune pleine de grosses pilules grises et en avala deux goulûment, debout sur le trottoir, en pleine rue Mont-Royal, sous l'oeil étonné de deux petites filles crasseuses à couettes blondes qui se mirent à ricaner en se tortillant le derrière.

6

Cinq jours passèrent. La fiche d'enquête du lieutenant Brouillette était maintenant écornée, avachie, pliée en tous sens, la fine et méticuleuse écriture qui la recouvrait avait pris une apparence évanescente et fantomatique tant les doigts fébriles du détective s'étaient promenés dessus ; la texture même du carton était devenue grumeleuse et dangereusement fragile. Encore quelques jours et une gaine de plastique devrait protéger l'odieuse fiche qui ne voulait pas révéler son secret. Bruno Brunelle passait des heures assis à son bureau, la tête entre les mains, son cerveau sur le point de se liquéfier sous les efforts de la réflexion. Rien ne venait. Le détective avait tenté de contacter chacun des anciens collègues de maître Kirby. Ses appels téléphoniques avaient tous immanquablement mené au cimetière. Il s'était alors tourné du côté de la famille. Les Kirby, au cours des ans, avaient manifesté un faible penchant pour la reproduction. Il ne restait plus qu'un oncle schizoïde (perclus, en institution) et deux cousins éloignés, l'un d'eux aux sens propre et figuré, car il avait émigré en Australie au début de la guerre de Corée. Brunelle s'était alors rendu au Conseil des ports nationaux, l'ex-Commission du Havre où Kirby avait travaillé pendant huit ans. L'archiviste, monsieur Labelle, s'était montré d'une courtoisie et d'une efficacité remarquables, mais les monceaux de documents qu'il lui apportait éclairaient autant le détective que s'il se fût agi d'un dossier sur les maîtresses de Napoléon. Pendant ce temps, la bouteille de Tagamet se vidait à une vitesse inquiétante et l'estomac du pauvre détective était sur le point de se transformer en moustiquaire.

Vers quatre heures un après-midi, le lieutenant Brouillette, abandonnant son cahier de mots croisés (devant les difficultés, il se montrait philosophe), se leva de son bureau et s'approcha du détective qui manipulait des feuilles, l'air absent ; il lui mit la main sur l'épaule :

— Laissez tomber, patron. Après tout, on ne peut réussir dans toutes ses entreprises...

Bruno Brunelle leva la tête, tenta de sourire, mais ses lèvres refusèrent de lui obéir.

— Prenez des vacances. Ma mère connaît une excellente pension à Jackson Heights en Nouvelle-Angleterre. Tenez, nous pourrions même y aller tous les trois, qu'en dites-vous ? Des promenades en montagne, des parties de bridge, une bonne nourriture campagnarde, le tout agrémenté des plaisanteries piquantes de ma mère : voilà ce qu'il vous faut !

« Comment lui annoncer, se demandait Brunelle avec angoisse, que depuis deux mois ma vie est complètement transformée ? »

Il revit le terminus de Magog, puis un duplex en briques d'un aspect commun, puis la cuisine pimpante où séchait toujours une paire de bas de nylon sur le dossier d'une chaise, puis la chambre mauve où trônait un lit fleuri, et il entendit une voix roucoulante qui susurrait à son oreille...

7

Le lendemain matin, il revint au bureau, le moral en compote, et se prépara un café. Il porta la tasse à ses lèvres, puis la déposa sur le bureau sans y toucher. Le téléphone venait de sonner.

— Ne deviez-vous pas me téléphoner hier après-midi ? lui demanda madame Kirby d'une voix brève.

Il se troubla, chercha en vitesse une excuse, mais la vieille dame ne lui en laissa pas le temps :

— Vous n'avez encore rien trouvé ?

— Euh !... non.

— Dites-moi, monsieur Brunelle... soyez franc... Je pardonne tout à la franchise... Vous êtes une célébrité... tout le monde vous assaille de demandes... Peut-être n'avez-vous tout simplement pas le temps de vous occuper de mon histoire et vous n'osez pas me l'avouer ?

— Au contraire, madame, j'y travaille jour et nuit... à m'en rendre malade, d'ailleurs... Mais jusqu'ici je n'ai rien trouvé, voilà tout.

180

Elle garda silence quelques moments, puis :

— Je vous donne encore deux semaines... Après ce temps, je considérerai que mes devoirs de veuve auront été accomplis. Bonne journée.

Le détective se mit à faire les cent pas, l'air maussade, puis se rendit dans l'autre pièce et son regard parcourut machinalement les rangées de *Sélection*. Il en feuilleta un, puis un autre, puis un troisième... et soudain une minuscule étincelle jaillit dans sa tête.

Quand le lieutenant Brouillette se présenta au bureau une demi-heure plus tard, il trouva son compagnon assis au milieu de la pièce, l'oeil fixe, le souffle court, manipulant fiévreusement des piles de *Sélection*.

— Lieutenant, lieutenant, fit-il d'une voix haletante, il faudra bien se décider un jour à se bâtir un index pour cette maudite revue. Je cherche... vous rappelez-vous cet article sur la construction du pont Jacques-Cartier...? Je croyais qu'il avait paru en 49 ou 50, mais...

— 52, plutôt, si ma mémoire est bonne, 52 ou 53...

Le lieutenant saisit une pile, consulta deux ou trois numéros, puis avec un sourire modeste :

— Voilà, patron. Juillet 52.

Brunelle se jeta dessus. Le téléphone sonna de nouveau.

— Je n'y suis pour personne... pour absolument personne.

Il parcourut deux fois de suite : « Une merveille technologique des années 20 : le pont Jacques-Cartier », puis levant la tête, il posa un regard anxieux sur son compagnon assis en face de lui :

— Lieutenant, j'ai peut-être trouvé mon deuxième filon.

— Serait-ce comme pour l'affaire Joyal ? s'exclama joyeusement Brouillette. Vous rappelez-vous ce fameux article que vous aviez déniché sur les bijoux pour hommes ?

— La lecture du *Sélection* a toujours été pour moi un puissant stimulant intellectuel, répondit Brunelle avec un sourire modeste. Mais ne crions pas victoire trop vite : pour l'instant, il ne s'agit que d'une vague supposition.

Il se fit conduire sur-le-champ aux archives du Conseil des ports nationaux, à la Cité du Havre, et demanda au préposé le dossier sur les expropriations faites entre 1924 et 1927 lors de la construction du pont Jacques-Cartier. Il le feuilleta rapidement, prit quelques notes et se rendit à l'hôtel de ville, où il passa le reste de la journée. Ensuite, pendant trois jours, ce fut un va-et-vient continuel entre l'hôtel de ville et la bibliothèque municipale. Son ulcère avait brusquement refermé ses pétales et semblait dormir. Le lieutenant Brouillette, son chauffeur, gardait un silence religieux. Quinze années de travail en commun lui avaient appris que les périodes de gestation de son patron devaient se dérouler dans le calme le plus absolu. Dans ces occasions, Bruno Brunelle, pourtant si timide et si doux, pouvait se transformer en boa pour un simple claquement de porte.

Cinq jours passèrent. Vers la fin d'un après-midi, en sortant de la bibliothèque municipale, le détective invita son compagnon à une petite promenade dans le parc Lafontaine. Le lieutenant inclina la tête, se dit : « Enfin ! le rôti sort du four », puis promena discrètement sa langue sur ses lèvres.

— Mon cher ami, fit Brunelle en avançant sur le gazon sec et jauni, je n'ai pas encore trouvé le coupable, mais je crois l'avoir circonscrit d'assez près. J'aurai maintenant besoin de votre aide.

— Je suis plus que jamais à votre entière disposition.

— Un détail m'avait frappé dans la mort de ce pauvre Kirby : c'est la position du cadavre, le visage tourné vers la fenêtre, face au pont Jacques-Cartier. Eh bien, je crois avoir découvert la cause du meurtre : c'est le pont lui-même.

— Le pont lui-même ? répéta le lieutenant Brouillette en s'efforçant de prendre le ton le plus neutre possible.

— Oui. N'oublions pas que nous travaillons à reconstituer la démarche d'un fou. Vous vous rappelez sans doute que Kirby a été engagé en 1923 par la Commission du Havre comme conseiller légal. Eh bien, c'est cette même commission qui a été chargée de construire le pont. Or, Kirby n'a été mêlé ni de près ni de loin au projet, sauf une fois.

Le lieutenant Brouillette cessa de marcher et entrouvrit les lèvres, attendant sa tranche de rôti.

— En 1925, on lui demanda d'assister une avocate, mademoiselle Élisabeth Lemoyne, qui était chargée des expropriations pour l'aménagement des abords du pont. Il l'aida pendant quatre mois à régler certains cas litigieux, puis retourna à ses dossiers. Jamais plus on ne le vit s'occuper de ce genre d'affaires jusqu'à son départ en 1934.

— Et ces cas litigieux ?

— Il y en eut cinq : les *Magasins Arseneault*, établis au coin nord-ouest des rues Sainte-Catherine et de Lorimier ; le *Sainte-Marie Ice Cream Parlor* établi juste en face, *Lalonde, Chrétien, Crook et Ouellet*, des fabricants de cuvettes d'aisance établis sur la rue Craig ; l'*Imprimerie Philibert L'Espérance*, sur la rue Notre-Dame ; et le *Colborn Hotel*, rue de Lorimier. Voyons maintenant ce qu'il est advenu de chacune de ces entreprises. Le *Colborn Hotel* se transporta au coin des rues Ontario et Parthenais et fit faillite en 1930. Le *Sainte-Marie Ice Cream Parlor* ferma tout simplement ses portes. *Lalonde, Chrétien, Crook et Ouellet* déménagèrent en Ontario, où ils prospèrent toujours. L'*Imprimerie Philibert L'Espérance* continue d'opérer, mais rue Amherst. Et les *Magasins Arseneault*, le principal concurrent à l'époque de *Dupuis Frères*, déménagèrent en 1926 rue Notre-Dame et firent une faillite retentissante six ans plus tard.

Le lieutenant Brouillette fixait son compagnon, un peu décontenancé.

— Je ne me suis intéressé qu'aux cas de faillite, reprit Brunelle. Mon hypothèse — elle est un peu farfelue, mais les malades mentaux le sont souvent eux-mêmes — c'est que la mort de Fenimore Kirby s'explique par une vengeance — la vengeance d'une faillite qui serait survenue à la suite d'une expropriation non désirée. Je vais essayer de découvrir ce qu'il est advenu de la famille Galway qui possédait le *Colborn Hotel* (« le plus confortable hôtel de l'est de Montréal », comme disait la publicité) et je vous serais reconnaissant de vous occuper des *Magasins Arseneault*.

Le lieutenant Brouillette essayait de cacher son scepticisme, mais n'y parvenait pas.

— Allons, allons lieutenant, fit le détective en lui tapotant l'épaule, un peu de foi tout de même... Je vous promets, si vous me dénichez des choses intéressantes, une révélation sensationnelle sur ma vie personnelle.

Il lui fit un clin d'oeil et partit. Le lieutenant demeurait immobile au milieu du parc, les bras ballants, contemplant son associé qui s'en allait à petits pas pressés.

— Qu'est-ce qu'il lui arrive ? murmura-t-il, stupéfait. En quinze ans je ne l'ai jamais vu faire un clin d'oeil.

8

Le lieutenant Brouillette se donna un mal de chien et réussit à se procurer vers la fin de l'après-midi du lendemain les noms, occupations, dates de naissance (et parfois de décès) des trois dernières générations d'Arseneault, plusieurs photographies du magasin dans ses années de prospérité et même une photographie de famille récente. Bruno Brunelle, lui, n'eut qu'à retourner à la bibliothèque municipale et tomba sur une monographie éditée en 1976 par la Société historique de Montréal : *Les Galway : cinq générations d'hôteliers à Montréal.* Une visite aux bureaux de la société lui permit de compléter facilement ses informations.

Munis de leur documentation, le détective et son assistant se rendirent alors, le cœur battant, chez Roger Pothier, le petit placier de la Place des Arts.

— C'est lui, fit l'étudiant sans la moindre hésitation en posant son doigt sur une des photographies.

Il montrait un homme dans la trentaine, aux cheveux châtains légèrement clairsemés, à l'expression douce et appliquée, vêtu d'un habit bleu de bonne coupe avec gilet et cravate. L'individu était assis dans un fauteuil de rotin, une petite fille sur ses genoux. Près de lui, dans un autre fauteuil, trônait un vieux monsieur à grosse moustache blanche et nez bourgeonné, fixant la caméra d'un regard sévère. Autour des fauteuils se tenaient une douzaine de personnes des deux sexes et d'âges variés, debout, assises sur des chaises de métal ou accroupies dans l'herbe (la scène se passait dans un jardin). Tout le monde souriait, sauf le jeune homme et le vieillard.

Le lieutenant se pencha à l'oreille de Brunelle :

— Si je ne me trompe, il s'agit de Philippe Arseneault, né en 1948 à Notre-Dame-de-Grâce. C'est le petit-fils d'Urgel, fondateur avec Fabien des *Magasins Arseneault.* Il enseigne la littérature au collège Brébeuf depuis quelques années.

Bruno Brunelle se tourna vers l'étudiant :

— Vous êtes sûr de reconnaître en cet homme le compagnon de monsieur Kirby le soir du concert ?

L'étudiant contempla la photo pendant une ou deux minutes en se mordillant les lèvres. Puis il fit signe que oui.

Le lieutenant Brouillette demanda la permission de téléphoner, quitta la pièce et revint au bout d'un moment, le visage jubilant. Le détective remercia l'étudiant et se dirigea vers la sortie.

— Eh bien, patron, fit le lieutenant quand ils furent dans la rue, j'ai le plaisir de vous annoncer que notre oiseau niche au 4622 de la rue Saint-Hubert !

— Alors, il ne reste plus qu'à s'y rendre, fit le détective avec un soupir.

Un petit tremblement venait de s'emparer de son mollet gauche.

9

Il était 5 h 10. Les réverbères venaient de s'allumer dans la rue. Le lieutenant Brouillette actionna consciencieusement la sonnette une demi-douzaine de fois. Bruno Brunelle s'éclaircit la gorge, puis le regarda et haussa les épaules. Le vent humide qui balayait la ville depuis deux jours se refroidissait de plus en plus. Les fenêtres de l'appartement de Philippe Arseneault étaient obscures, les rideaux tirés. Ils redescendirent lentement le long escalier de métal à marches de bois qui tournait sur lui-même dans un mouvement à la fois ample et gracieux, se mirent en quête d'un téléphone et finirent par dénicher un dépanneur. Le détective poussa la porte, trébucha sur une boîte de savon tombée par terre et aperçut un téléphone public près d'un distributeur de boissons gazeuses. Au collège Brébeuf on lui répondit que Philippe Arseneault était en congé de maladie depuis dix jours et qu'il ne serait pas de retour avant trois ou quatre semaines.

— Nous reviendrons ce soir, fit Brunelle quand ils furent dans la rue. Il n'est peut-être pas allé bien loin.

185

Le lieutenant toussa discrètement dans sa main et posa sur son compagnon un regard embarrassé.

— Ah oui, fit ce dernier, j'oubliais que nous étions mercredi... La partie de quilles de votre mère... Eh bien, j'irai seul, voilà tout.

Il prit place dans la Maverick et demanda à Brouillette de le conduire à l'intersection des rues Sainte-Catherine et de Lorimier, juste sous le pont.

— Ah bon, fit l'autre, étonné.

— Ne craignez rien, lieutenant, vous irez à votre partie de quilles, je n'en ai que pour deux ou trois minutes. Je sens le besoin d'une petite séance de méditation avant de retourner chez notre oiseau.

Ils furent bientôt sur les lieux. Bruno Brunelle boutonna soigneusement son manteau, sortit de l'auto et resta planté sur le trottoir pendant un long moment, fixant d'un oeil pensif les deux énormes piliers de béton recouverts de pierres de taille qui occupaient l'emplacement des fameux *Magasins Arseneault*. Les photographies qu'il avait longuement contemplées apparurent vaguement dans sa tête et soudain l'établissement se dressa devant lui avec sa haute façade de pierre ornée de sculptures victoriennes où les pigeons nichaient depuis une quarantaine d'années, observant d'un oeil placide les clients qui entraient et sortaient par les trois grandes portes cintrées donnant accès au « rendez-vous de la famille et du clergé ». Il entendait le tintement des caisses enregistreuses et la rumeur de la clientèle qui circulait entre les comptoirs, palpant la marchandise, discutant avec les commis, tandis qu'au septième étage, assis dans son bureau lambrissé de chêne, monsieur Urgel Arseneault écoutait gravement son chef comptable qui lui faisait un rapport sur un projet d'achat massif de porcelaine anglaise.

Un nuage noir passa devant les yeux de Brunelle. Il tourna la tête et aperçut de l'autre côté de la rue l'édifice déplaisant où se trouvait le bureau de feu monsieur Kirby.

— Allons, fit-il avec un soupir en reprenant place dans l'auto, les rêveries nostalgiques n'ont jamais empêché la vie de poursuivre son cours.

10

Assis sur le coin de son bureau, le lieutenant Brouillette dévorait un sandwich aux oeufs, l'oeil fixé sur l'horloge électrique accrochée au mur d'en face.

— Il faut que je me sauve, patron. Maman m'attend à la maison.

— Amusez-vous bien. Je vous téléphonerai en fin de soirée s'il survient du nouveau. Et attention à vos reins !

Le détective arpenta le bureau pendant quelques minutes, feuilleta *La Presse* d'un air absent, puis, décrochant le téléphone :

— Marie-Marthe ? fit-il d'une voix émue. Oui, c'est moi. Je... je ne te dérange pas trop ? Ah bon, tu es en train de préparer une quiche lorraine. Excuse-moi, je te rap... Si je veux en manger en fin de semaine ? Oui, bien sûr... enfin si... je veux dire... Mais non, je n'ai pas oublié, au contraire... J'y pense chaque soir en me glissant dans mon lit... je te le jure... Bon, c'est ça... je te rappelle dans une heure.

Ses lèvres firent un petit claquement sec dans le récepteur et il raccrocha, le regard sirupeux, les traits tout amollis.

Deux secondes plus tard, il enfilait le corridor en sifflotant, descendait deux étages et se retrouvait dans la rue Guy. Il ne se sentait aucune envie de prendre un souper solitaire chez lui. Il marcha, toujours sifflotant, jusqu'à la rue Sainte-Catherine et pénétra dans un petit restaurant aux murs jaunâtres qui sentait la vieille friture. Ce soir-là, il y avait de la quiche lorraine au menu. Il la trouva succulente, jasa avec la serveuse tout au long du repas (ça ne lui arrivait jamais) et laissa deux dollars de pourboire.

À huit heures, après avoir téléphoné à Marie-Marthe, arpenté la rue Sainte-Catherine jusqu'à Bleury et s'être acheté trois Chandler de seconde main, il décida de retourner chez Philippe Arseneault et héla un taxi.

Avant même que le véhicule ne s'immobilise près du trottoir, il aperçut de la lumière aux fenêtres.

— Enfin, murmura-t-il en s'efforçant de ressentir de la satisfaction.

Son mollet gauche s'était remis à trembloter. Il paya le chauffeur, sortit de l'auto et se dirigea vers l'escalier.

À la troisième marche, il trébucha, perdit l'équilibre et son genou heurta violemment le bois humide. Il dut s'appuyer une minute à la rampe pour laisser la douleur se calmer et poursuivit sa montée en boitillant.

Tout en se massant le genou, il actionna la sonnette. Il n'avait pas la moindre idée de ce qu'il allait dire. Par un phénomène incontrôlable et un peu inquiétant, toutes ses pensées allaient à Magog et à la voluptueuse fin de semaine qui l'attendait. L'escalier intérieur qui menait au deuxième étage s'éclaira tout à coup. Une porte s'ouvrit au deuxième, un homme apparut sur le palier et se mit à le fixer, immobile. Puis un tressaillement parcourut la corde qui courait le long de la rampe et actionnait la serrure de la porte d'entrée. La porte s'entrebâilla légèrement. Bruno Brunelle la poussa et s'arrêta au pied des marches.

— Oui, monsieur ? fit une voix au timbre curieusement jeune.

Philippe Arseneault, en pantoufles et robe de chambre gris perle, le fixait avec un sourire interrogateur. Sa moustache, noire et très fine, accentuait la pâleur de son visage maigre, lisse et frais où seules quelques flétrissures au front marquaient la trentaine avancée.

— Bonsoir, cher monsieur. Mon nom est Bruno Brunelle, détective privé. Est-ce que vous auriez l'obligeance de me consacrer quelques minutes pour un entretien particulier ?

— Montez, fit l'autre en lui tournant le dos et il disparut dans l'embrasure.

Bruno Brunelle gravit lentement les marches, pénétra dans l'appartement et se retrouva dans un corridor obscur qui débouchait à sa droite sur une pièce remplie d'une lumière diffuse. Une légère odeur de médicament flottait dans l'air. Son genou élançait violemment.

— Fermez la porte, voulez-vous ? fit la voix d'Arseneault. Je vous attends dans le salon.

Le détective ferma doucement la porte (il vérifia si elle était bien déverrouillée) et s'avança dans le corridor en boitillant.

— Vous vous êtes fait mal ? fit le professeur avec un accent de commisération polie.

Il l'observait avec un léger sourire, assis dans un superbe et vieux fauteuil capitonné de velours grenat. Bruno Brunelle se rappela la photo. C'était le même visage, étrangement jeune, et la même expression douce et appliquée, maintenant un peu inquiète peut-être. Le regard du détective fit rapidement le tour de la pièce. Salon typique d'intellectuel petit-bourgeois : rayonnages de livres, reproductions de peintures encadrées avec goût (Rembrandt, Picasso, Daumier. « Tiens ! le même qu'à l'agence », pensa-t-il avec un sourire fugitif), deux tables basses couvertes de revues, une lampe de lecture aux lignes futuristes, un canapé assorti au fauteuil, une petite armoire en teck de style scandinave (contenant sans doute de la boisson) et un grand tapis de laine beige, un peu fatigué. Il y avait deux issues : celle du corridor et, face à celui-ci, une porte au vitrage magnifique, entrouverte, qui donnait sur une pièce plongée dans la pénombre. On apercevait le flanc d'une vieille commode et, un peu plus loin, une mallette noire posée contre un mur.

Philippe Arseneault fit signe au détective de prendre place sur le canapé, ramena les pans de sa robe de chambre sur ses jambes, puis, brusquement, comme s'il n'arrivait plus à maîtriser son impatience :

— Que me voulez-vous ?

Bruno Brunelle lui sourit d'un air un peu niais en se massant le genou et toussa trois fois. La question, pourtant inévitable, le prenait au dépourvu.

— Que me voulez-vous ? reprit l'autre avec un soupir.

— Eh bien voilà, fit Brunelle en essayant de prendre un ton bonhomme et désinvolte. Je vous soupçonne tout simplement d'avoir assassiné un certain Fenimore Kirby au cours de l'avant-midi du 14 novembre à son bureau du 2103 est, rue Sainte-Catherine.

Son mollet s'était remis à frétiller de plus belle, comme si toute la peur qui le tenaillait venait tout à coup de s'y réfugier.

— Un certain Fenimore Kirby ? répéta l'autre d'une voix rêveuse. Quelle idée bizarre ! Qui est Fenimore Kirby ?

Il fixait le détective en souriant. Son regard était calme, presque indifférent. Mais quelque chose y tournoyait doucement (une

lueur ? un tremblement ?). C'était tout petit, presque imperceptible, mais à mesure qu'on pénétrait ce regard — ou plutôt à
mesure que ce regard curieusement calme vous pénétrait, vous
envahissait — une impression confuse et pénible naissait. L'impression de se trouver devant une sorte d'animal abandonné. Abandonné de tout et de tous, abandonné de LUI-MÊME et livré tout
entier à des forces effrayantes. La situation où semblait se trouver
cet homme était si désespérée... *qu'il se voyait dans l'obligation d'oublier
son effroi.* Au prix d'un effort épuisant, il arrivait presque à neutra-
liser cette peur qui le possédait (au plus profond de lui-même) et
vivait ainsi, réfugié dans un nid fragile de calme détachement, un
nid que la peur défaisait à chaque instant et qu'il devait sans cesse
refaire.

Bruno Brunelle avait baissé les yeux et fixait la bouche et le
menton de son interlocuteur. Ce regard doucement délirant n'était
pas fait pour rencontrer celui d'un semblable mais pour se déployer
dans le vide et la solitude.

— Vous me demandez qui est Fenimore Kirby ? fit le détective
d'une voix frémissante. Au risque de vous ennuyer avec des faits
que vous connaissez déjà, je vous répondrai qu'il s'agit de l'avocat
qui a causé un si grand tort à votre grand-père paternel en 1925.
Il s'agit de l'homme qui a précipité votre famille, autrefois une des
plus illustres de Montréal, dans la pauvreté et l'obscurité. Il s'agit
de l'homme qui vous a condamné à une vie de petit professeur de
collège, obligé d'enseigner toute sa vie à des adolescents plus ou
moins indifférents et de consacrer ses soirées à d'interminables
travaux, alors que la vie passe à côté de lui sans retour et que ses
rêves irréalisables l'empêchent souvent de dormir.

Philippe Arseneault, légèrement affalé dans son fauteuil,
l'écoutait sans dire un mot.

— Cognac ? fit-il en se levant brusquement.

Bruno Brunelle eut un sourire matois :

— Non, merci.

L'autre s'arrêta pile, comme surpris ou déçu, puis se mit à
rire :

— Bien sûr. Tout à fait juste. Je n'y pensais pas.

Il se dirigea vers la petite armoire de teck et se pencha. D'un
léger mouvement de l'avant-bras, Bruno Brunelle glissa la main à

l'intérieur de son veston et ses doigts humides se glacèrent au contact du revolver.

Philippe Arseneault ouvrit l'armoire et des bouteilles se mirent à scintiller. Il se releva, tenant à la main un flacon de Courvoisier, et saisit un verre ballon posé sur un rayon de la bibliothèque. « Nembutal ou cyanure ? » se demanda Brunelle avec un frisson.

— Pas de cognac pour vous non plus, ordonna-t-il d'une petite voix décidée.

— Ah non ?

Il haussa les épaules, déboucha le flacon et remplit le verre à moitié, mais il le déposa sur le rayon sans y toucher. Puis il revint s'asseoir en face du détective.

— Savez-vous que vous êtes prodigieusement intéressant, fit-il d'une voix railleuse. Vous connaissez sûrement des tas d'anecdotes croustillantes sur ma famille.

— Aucune, à part celles se rapportant au fait qui m'amène ici.

— Vraiment ?

Philippe Arseneault le regardait en souriant. La présence du détective semblait le remplir d'un plaisir sans borne et il donnait l'impression de vouloir le retenir le plus longtemps possible.

— Vous ne me demandez pas de vous décrire le chemin qui m'a permis de me rendre jusqu'à vous ? demanda Brunelle d'un ton où perçait un soupçon de dépit.

— Ça ne m'intéresse pas du tout, répondit l'autre sèchement.

Il croisa la jambe, tendit le pied droit et se mit à balancer sa pantoufle au bout de ses orteils, l'air excédé.

L'espace d'un instant, Bruno Brunelle revit le terminus de Magog et un mouvement de désespoir s'empara de lui tout à coup, comme s'il venait d'acquérir la certitude de ne jamais plus revoir cette petite ville désirable entre toutes.

L'autre continuait de balancer sa pantoufle en poussant des soupirs inquiétants. Soudain, une grimace convulsive tira ses lèvres vers le bas, sa jambe s'immobilisa, et d'une voix altérée :

— Monsieur, je peux vous le dire, Fenimore Kirby était un être immonde. Au-dessous de tout ce que vous pouvez imaginer. Sa fréquentation était toxique. Vous voulez des anecdotes ? En voici

191

une. Comme vous le savez sûrement, fit-il avec un sourire amer, les expropriations pour l'aménagement du pont Jacques-Cartier (un frisson le parcourut quand il prononça ce nom) se faisaient sous la direction de mademoiselle Élisabeth Lemoyne. Mon grand-père et mon oncle Fabien avaient toujours eu d'excellentes relations avec cette femme. C'était une amie de la famille. Distinguée, compréhensive, irréprochable, scrupuleusement honnête, oui. Mon père possède encore d'elle un magnifique petit camion en bois qu'elle lui avait offert le jour de ses dix ans. Je vous le montrerai un de ces jours. Mademoiselle Lemoyne nous avait formellement promis que notre magasin ne serait pas touché par le tracé du pont. Le pont devait passer à 23 pieds de la façade est. C'est la section est de la savonnerie Barsalou qui devait être démolie et on pouvait facilement la reconstruire sur un terrain adjacent du côté nord.

Il tendit la main vers le cognac.

— Pas de cognac, coupa Bruno Brunelle d'un ton bref.

— Mais ce Fenimore Kirby a tout gâché, continua l'autre en ramenant docilement son bras. En mars 1925, la Commission du Havre décida de l'adjoindre à mademoiselle Lemoyne, qui était débordée. Monsieur Kirby résolut aussitôt d'en faire sa maîtresse — hé oui, rien de moins ! — et réussit effectivement à coucher avec elle au cours du mois de juin.

Philippe Arseneault, assis tout droit sur le bord de son fauteuil, le visage transformé par une sainte indignation, semblait s'être éloigné dans le temps jusqu'à cette fatidique année 1925 et n'était plus en état de mesurer la portée de ses paroles.

— Mais les affaires ont mal tourné, poursuivit-il. Il était impossible, voyez-vous, d'avoir des relations normales avec un homme pareil. Mademoiselle Lemoyne rompit avec lui en novembre. Cela ne plut pas à monsieur. On n'éconduit pas un Fenimore Kirby. On le supporte en attendant qu'il se lasse de vous. Il se mit à la harceler. Il écrivit des rapports infects contre elle et demanda son congédiement. Il bloqua ses dossiers, il essaya de la brouiller avec ses amis, il lui fit des menaces, il n'arrivait pas à toucher au fond de sa colère. Mademoiselle Lemoyne l'avait mis à la porte ? Elle devait payer cette faute toute sa vie. Une de ses vengeances — une parmi des dizaines — mit en cause le magasin de mon grand-père et c'est elle qui nous a ruinés. Kirby connaissait les liens d'amitié qui unissaient notre famille et mademoiselle Lemoyne, des liens où n'entraient, je vous le répète, que les sentiments les plus désintéressés. Eh bien, comme la savonnerie Barsalou réclamait une très forte somme pour son expropriation et que mon oncle et mon grand-père n'avaient aucun ami influent dans le parti libéral de Mackenzie King, Fenimore Kirby trouva qu'il y avait là une occasion idéale pour tourmenter son ancienne maîtresse et la mettre dans une situation impossible vis-à-vis de notre famille. Il se démena comme un diable, fit jouer des influences, écrivit rapports sur rapports et réussit à convaincre le sénateur McDougald, président de la commission du port, et l'ingénieur consultant P.L. Pratley, qui avait travaillé à la conception du pont, que Barsalou devait être épargné et notre magasin démoli. Et ainsi fut-il fait. Mon grand-père se dénicha à l'épouvante un emplacement rue Notre-Dame pour son nouveau magasin, mais ce choix précipité ne fut pas heureux. La plus grande partie de sa clientèle refusa de le suivre et se tourna vers *Dupuis Frères*, notre principal concurrent. En mars 1932, nous déclarions faillite. Mon père avait alors 22 ans. Le jour de la fermeture il s'est rendu à la Commission des Liqueurs s'acheter une bouteille de London's Dry Gin. Personne ne se rappelle l'avoir vu sans sa bouteille depuis.

Il s'arrêta, se calma tout à coup, sourit et se cala confortablement dans son fauteuil :

— Ceci, bien sûr, ne constitue en rien un aveu.

— Oh, je n'attends pas d'aveu, fit le détective avec insouciance, je n'en ai aucun besoin.

Le silence régna pendant quelques instants. Philippe Arseneault, immobile, lorgnait le ballon de cognac. Soudain, quelque chose se produisit dans son esprit. Ses traits se décomposèrent comme sous l'effet d'une peur violente, son corps se tassa sur lui-même et il sembla tout à coup vieilli de dix ans.

— Vous n'en avez aucun besoin ? fit-il d'une voix étouffée en posant sur le détective un regard suppliant.

— Aucun.

— Vous en êtes sûr ?

— Puisque je vous le dis.

Philippe Arsenault se rejeta en arrière et ferma les yeux :

— Il faudrait tout de même que je parle à quelqu'un pour me soulager un peu, murmura-t-il avec difficulté.

— Bah ! si cela peut vous soulager, je n'y vois pas d'inconvénients, remarquez.

Les yeux toujours fermés, le visage de plus en plus livide, le professeur avala péniblement sa salive et murmura :

— C'est moi qui ai tué Fenimore Kirby.

— C'est vous qui l'avez tué.

— Sa mort a été... épouvantable.

— Je n'en doute pas.

— Mais je n'arrive pas à le regretter.

— Ah bon.

— Cette absence de regrets me tue, articula-t-il d'une voix éteinte. Je cherche à regretter. Je n'y arrive pas. Je n'arrive pas à redevenir un être humain normal... Je ne fais que penser à cette histoire... et à ressentir de la haine... une haine de plus en plus grande... Cette histoire est en train de s'emparer complètement de moi, m'entendez-vous ?

— Vous avez agi seul ? demanda Brunelle doucement.

L'autre fit signe que oui :

— Je me suis préparé pendant des mois... Je ne vivais que pour cela... Il fallait une punition parfaite et totale, vous comprenez. La faute avait été trop grande. La ruine de mes grands-parents, et ensuite mon père... toutes ces années passées au bureau de poste à vendre des timbres, peser des colis... et le soir, à la maison, assis seul dans un coin, sans jamais parler, le verre à la main... et personne qui ose élever la voix... Des soirées mornes, sans fin, épouvantables... comme si les pièces manquaient d'air... comme si le fait même d'exister était une sorte de faute ou d'erreur... Voilà comment était notre vie, et tout cela à cause d'un homme insatiable qui s'appelait Fenimore Kirby... L'injustice dépassait toutes limites. Il fallait rétablir l'équilibre... Alors je me suis préparé lentement, sans hâte, pour que l'équilibre se refasse... Et quand il s'est réveillé dans son fauteuil, je lui ai donné deux heures pour regretter et souffrir et prendre conscience de l'homme qu'il était vraiment... J'ai essayé de lui expliquer de mon mieux, le plus calmement possible, pourquoi il devait souffrir d'une façon aussi terrible. J'ai voulu lui montrer sa propre ignominie et peut-être ainsi le sauver et redonner la paix à tous ceux qu'il avait remplis de haine pendant toutes ces années... Eh bien, je puis vous le dire, monsieur... la mort qu'il voyait approcher de minute en minute ne l'a pas rendu meilleur... ni moi non plus d'ailleurs, ajouta-t-il d'un air accablé. Ce n'est pas la peur que je lisais dans ses regards, mais la haine... la haine d'un reptile qu'on vient de piquer sur le sol d'un coup de fourche.

« Ma foi, c'est un littéraire », pensa Brunelle, admiratif.

— Depuis ce temps, je ne fais que penser à cette histoire, soupira Arseneault en pressant ses tempes. Elle occupe toute ma tête, jour et nuit...

— Avez-vous déjà essayé de mettre vos aveux sur papier ? demanda Brunelle, l'air compatissant. Je pourrais vous aider.

Philippe Arseneault ouvrit brusquement les yeux et posa sur le détective un regard glacial :

— Savez-vous, mon bonhomme, que je suis diablement content qu'il n'y ait pas de témoin...

— Ah oui ? fit le détective avec un étonnement candide.

Son compagnon se tourna de nouveau vers le ballon de cognac :

— Vous êtes sûr que je ne pourrais pas en prendre une toute petite gorgée ?

— Je vous le déconseille fortement. Une plume et du papier vous feraient infiniment plus de bien.

Philippe Arseneault sembla réfléchir quelques instants. Sa main tapotait doucement l'avant-bras du fauteuil. Brunelle, lui, jetait des coups d'oeil furtifs autour de lui, cherchant un téléphone. Arseneault eut alors un léger hochement de tête, posa sur le détective un regard ferme et résolu, et, d'un ton dégagé, comme un homme en train de conclure un marché sans grande importance :

— Écoutez, je suis prêt à écrire tout ce que vous voulez, mais à une condition : que vous me permettiez d'abord de téléphoner à mon père afin que je lui raconte l'histoire... à ma manière — et sans témoin, bien entendu.

Bruno Brunelle flaira une ruse, mais un mouvement de lassitude et de pitié s'empara de lui et il accepta de courir le risque de ne pas être celui qui mettrait le grappin sur ce pauvre type. Il n'en avait plus guère envie, tout simplement.

— Bon, ça va. Où se trouve le téléphone ?

— Dans la cuisine, fit l'autre en se levant.

Il se dirigea vers le fond de la pièce et ouvrit la porte vitrée.

— Vous la laisserez entrebâillée. Je veux entendre votre voix. Et je vous supplie humblement de ne pas jouer au fin finaud avec moi. Cela gâcherait le plaisir de notre soirée.

L'autre inclina la tête et sortit.

Bruno Brunelle resta assis, fixant le Daumier. Il s'agissait d'une scène de nuit. Deux flâneurs discutaient (dans l'ombre) sur un coin de trottoir. Au-dessus de leur tête, un ciel étoilé, découpé par les pignons et les lucarnes d'un Paris fin de siècle, jetait une note grandiose et mystérieuse sur l'humble scène.

Dans la cuisine, le murmure de la voix d'Arseneault s'arrêta, puis reprit, puis s'arrêta de nouveau. Une minute passa. Bruno Brunelle eut envie d'aller jeter un coup d'oeil, mais se retint. Le frétillement de son mollet s'était transformé en crampe. Il allongea la jambe gauche, fit bouger ses orteils et prit une grande inspiration. Son regard se promena machinalement sur les rangées de livres, puis s'arrêta tout à coup au milieu de la quatrième rangée. Juste au-dessus d'un gros livre à couverture de toile bleue, un trou circulaire d'environ deux centimètres de diamètre avait été percé dans le mur. Quelque chose semblait y luire doucement, comme si on y avait introduit un bout de tuyau ou...

Le regard toujours fixé sur le trou, il se laissa glisser sur le plancher, les entrailles liquéfiées par la peur, rampa sur ses mains jusqu'au milieu du salon, puis, se redressant, dégaina son revolver et se coula dans l'autre pièce. Il s'agissait d'un cabinet de travail sommairement meublé. La pièce était vide et traversée par un courant d'air glacial. Brunelle remarqua que la mallette noire près de la commode était disparue. Il se tourna vers le mur mitoyen avec le salon. Un revolver était fiché dans le trou. Il s'en empara, vida le barillet et remit le revolver en place.

— Merci tout de même de m'avoir laissé la vie, Philippe Arseneault, murmura-t-il avec un sourire piteux.

En face de lui, une porte bâillait légèrement. Il la poussa et se retrouva dans une cuisine plongée dans la pénombre... et vide. Un téléphone reposait sur une table chargée de vaisselle sale. La porte qui donnait sur la cour arrière était ouverte, laissant pénétrer des bouffées de froid.

Il s'avança sur la galerie, perplexe, jeta un coup d'oeil en bas et ne vit qu'un chat solitaire qui miaulait doucement, couché près d'une palissade. Il revint dans la cuisine et s'assit. De temps à autre il allongeait et ramenait sa jambe gauche pour tenter de faire fondre sa crampe. Puis il composa un numéro de téléphone et demanda à parler au lieutenant Brouillette :

— Désolé de vous déranger, mon vieux, mais j'ai besoin de vous. Attendez-moi à la porte, j'arrive en taxi dans cinq minutes.

Il descendit l'escalier en boitillant, attrapa un taxi et se retrouva bientôt au 9955 Villeray devant la salle de quilles Notre-Dame-du-Rosaire.

L'air renfrogné, le lieutenant Brouillette arpentait le trottoir en se soufflant dans les mains. Debout près d'un mur, une grosse femme enveloppée dans un manteau de lynx attendait immobile, les mains frileusement ramenées dans ses poches. Bruno Brunelle ouvrit la portière et descendit. Le lieutenant se tourna vers la dame :

— Maman, continue en taxi jusque chez nous, je te rembourserai.

La femme s'avança à petits pas rapides :

— Monsieur Brunelle, fit-elle d'une voix taquine, extraordinairement chantante, vous venez de saccager notre meilleure partie de quilles en trois ans.

— Vous m'en voyez confus, madame, fit-il en rougissant.

Il l'aida à monter. Elle tourna vers lui son visage gras et flétri dont la peau, lourdement fardée, rappelait l'apparence de la ratine et lui sourit en secouant un doigt accusateur.

Le taxi s'ébranla.

— Où va-t-on ? demanda Brouillette en se dirigeant à grandes enjambées vers son auto stationnée au coin de la rue.

— Lieutenant, il ne faut pas m'en vouloir, reprit l'autre avec une mine embarrassée. Je n'avais pas le choix, croyez-moi. J'arrive de chez Philippe Arseneault. Il m'a tout avoué. C'est un pauvre malade. Mais rusé. Il vient de m'échapper. Cependant, je pense qu'en faisant vite nous pourrons le retrouver... et lui sauver la vie.

L'auto accéléra, suivit la rue Villeray jusqu'à de Lorimier, puis, se dirigeant vers le sud, atteignit la rue Sainte-Catherine et s'arrêta près du pont. Bruno Brunelle s'élança sur le trottoir en clopinant et pénétra dans l'espèce de terrain vague qui s'étend autour des piliers. Il alluma une torche électrique et se mit à fouiller l'ombre au-dessus de sa tête.

— Là ! là ! en haut du premier pilier ! s'exclama le lieutenant. Voyez l'espèce de tache blanche qui s'agite derrière une poutre !

— Monsieur Arseneault, cria le détective, je vous en supplie, descendez tout de suite ! Je vous prends sous ma protection. Il ne vous sera fait aucun mal. Allez téléphoner à la police, murmura-t-il entre ses dents à l'intention de son compagnon.

Une voix lui répondit. Mais le grondement d'un camion-remorque qui filait au-dessus de leurs têtes l'avala.

Le lieutenant Brouillette traversa la rue de Lorimier en courant et s'engouffra dans la taverne qui occupait le rez-de-chaussée de l'édifice maussade où Fenimore Kirby avait rendu son âme hargneuse.

— Monsieur Arseneault, m'entendez-vous ? fit le détective d'une voix de fausset.

— Allez-vous-en ! hurla le professeur. Jamais je ne descendrai ! Je vais mourir... à l'endroit même où notre grandeur est morte... mais je ne serai pas seul à disparaître !

Le détective tressaillit et recula de quelques pas :

— Ne faites pas de folie, Arseneault, cria-t-il. Vous êtes malade. Vous savez que vous êtes malade. Je vais vous aider. Bientôt, vous recommencerez une nouvelle vie, je vous le promets !

— L'orgueil du géant touche à sa fin, vociféra l'autre d'une voix éraillée, méconnaissable.

— La mallette, pensa tout à coup Bruno Brunelle. L'imbécile ! il veut faire sauter le pont ! Retirez-vous, lieutenant, fit-il en se tournant vers son compagnon qui s'en revenait, hors d'haleine. Nous allons recevoir le pont sur la tête !

Ils coururent se réfugier de l'autre côté de la rue.

— Et alors, ces policiers, ils s'en viennent ? demanda le détective.

Il avait à peine dit ces mots que des hurlements de sirènes percèrent la rumeur de la ville. Une demi-douzaine d'autopatrouilles débouchèrent bientôt dans la rue de Lorimier et s'immobilisèrent sous le pont. Le sergent-détective Chrétien s'élança sur le trottoir, mais la poche de son paletot s'accrocha à la poignée d'une portière et un long déchirement se fit entendre. Il poussa un juron furieux, mais poursuivit sa course et se retrouva devant Bruno Brunelle, un lambeau de drap pendant sur les mollets.

— Et alors ? Qu'est-ce qui se passe ? On me fait des petites cachotteries, mon beau Bruno ?

Le détective pointa le doigt vers un des piliers :

— Le meurtrier de Kirby est grimpé là-haut. Il veut se suicider tout en faisant sauter le pont.

La gueule de travers, le sergent-détective se remit à jurer d'un air féroce, puis, se tournant vers ses hommes, jappa des ordres. Les policiers se dispersèrent tandis que Chrétien, penché au-dessus de la malle arrière d'une auto, empoignait un porte-voix.

— Son nom ? demanda-t-il en se tournant vers Brunelle.

Il traversa la rue, disparut derrière la palissade métallique qui masquait tant bien que mal les dessous misérables du pont et on entendit sa voix hargneuse qui tentait de convaincre un pauvre déséquilibré, affolé par sa propre mise en scène, que lui seul, Chrétien, possédait la solution du problème qui l'avait rendu si malheureux.

Un dialogue s'engagea entre les deux hommes, mais Brunelle et son assistant n'entendaient que les répliques de Chrétien et le dénouement de toute cette histoire leur apparaissait de moins en moins rassurant.

Des policiers venaient d'établir un barrage en travers de la rue Sainte-Catherine, à bonne distance du pont. D'autres s'occupaient à faire de même rue de Lorimier. Le lieutenant Brouillette s'avança prudemment au milieu de la chaussée et tendit le cou. Après un moment d'hésitation, Brunelle le suivit et se plaça un peu en retrait. Ils virent alors le sergent-détective Chrétien abaisser son porte-voix et glisser un mot à l'oreille d'un jeune policier remarquable par d'énormes incisives qui lui donnaient un air éberlué. Le policier partit en courant.

— Le salaud, murmura Brunelle. Il veut le faire abattre !

L'idée lui vint alors de se précipiter sur Chrétien et de lui arracher son porte-voix pour avertir Philippe Arseneault du coup qui se tramait contre lui, mais sa pulsion d'héroïsme se dégrada de la façon habituelle et ne contribua qu'à mouiller un peu plus son aisselle.

Des coups de feu retentirent soudain au-dessus des piliers. Philippe Arseneault se mit à pousser des miaulements terrifiés.

199

Les détonations se multiplièrent. Le malheureux, sans doute blessé, s'était mis à répliquer. Le sergent-détective vida lentement son chargeur, puis, sans qu'on sache pourquoi, se mit à jurer.

Malgré l'heure tardive, la foule grossissait rapidement, repoussée sans ménagement par des policiers fraîchement arrivés qui tentaient de former un cordon.

Et soudain un rugissement formidable troua l'air, qui devint comme de plomb. Chacun ouvrit la bouche, sidéré, puis porta les mains à ses oreilles. Pendant un instant, les pensées furent comme suspendues. Le sergent-détective Chrétien avait reculé d'un bond, mais son dos heurta un panneau métallique qui bloqua sa fuite. Deux énormes morceaux de trottoir quittèrent le tablier du pont et descendirent en oscillant dans un nuage de poussière grise. Le premier s'écrasa sur le sol à un mètre du sergent. Le second lui broya une jambe. Stoïque, Chrétien se mit à donner des ordres aux policiers accourus pour le dégager. Une ambulance fendit aussitôt la foule et monta sur le trottoir, passant à un cheveu d'écrabouiller Brunelle et son associé.

Ce n'est qu'un peu plus tard, au milieu de la confusion générale, qu'un badaud aperçut le corps à demi déchiqueté de Philippe Arseneault près d'un pilier.

— On l'a échappé belle, murmura un brancardier à son compagnon tandis qu'ils transportaient le cadavre. Il n'y a que deux ou trois bâtons de dynamite qui ont sauté. Il y en avait assez pour envoyer le pont jusqu'à Trois-Rivières.

Un gamin se mit à fouiller dans les débris de ciment près de la palissade et exhiba un morceau de cuir ensanglanté, vestige de la bottine du sergent-détective.

— Pauvre sergent, murmura Brunelle avec un sourire acide, il va être obligé désormais de pourchasser le crime à cloche-pied.

Il envoya le lieutenant chez madame Kirby pour lui apprendre le dénouement de l'affaire et se rendit au terminus de l'est prendre l'autobus de onze heures pour Magog. L'agence Brunelle et Brouillette resta fermée dix jours.

TABLE

Dans la collection Prose entière

dirigée par François Hébert

20. Désirée Szucsany, LA PASSE, récit, 1981.
21. Robert Marteau, ENTRE TEMPS, récit, 1981.
22. Gérard Gévry, L'ÉTÉ SANS RETOUR, roman, 1981.
23. Aline Beaudin Beaupré, L'AVENTURE DE BLANCHE MORTI, roman, 1981.
24. Christine Latour, TOUT LE PORTRAIT DE SA MÈRE, roman, 1981.
25. Noël Audet, AH, L'AMOUR L'AMOUR, roman, 1981.
26. Nadine Monfils, LAURA COLOMBE, contes, 1982.
27. Gérard Gévry, L'HOMME SOUS VOS PIEDS, roman, 1982.
28. Gérard Saint-Georges, 1, PLACE DU QUÉBEC, PARIS VIe, roman, 1982.
29. Chrystine Brouillet, CHÈRE VOISINE, roman, 1982.
30. François Schirm, PERSONNE NE VOUDRA SAVOIR TON NOM, récit, 1982.

Dans la collection
Prose étrangère

Dans la collection Mémoires d'homme
dirigée par Jean-Pierre Pichette

Dans la collection Prose exacte

dirigée par François Hébert